徳 間 文 庫

お髷番承り候㈠

潜 謀 の 影

上 田 秀 人

徳 間 書 店

目次

第一章　ただ一人の臣

一

将軍の一日は、判で押したように同じ繰り返しであった。

午前中に政務を執り、昼からは剣術の修行や、四書五経の講義を受け、退屈になれば、将棋を指したり、小姓《こしょう》たちと雑談をする。滅多に庭を散策することもなく、御座《ござ》の間《ま》から出ないのが普通であった。

「上様《うえさま》、紀州大納言《きしゅうだいなごん》さま、お目通りを願っておられまする」

奏者番《そうじゃばん》の大名が言上《ごんじょう》した。

「大納言どのがか。かまわぬ」

四代将軍徳川家綱《とくがわいえつな》が、許した。

紀州大納言徳川頼宣《よりのぶ》は、神君と崇《あが》められる初代将軍家康《いえやす》の十男として生まれた。尾《お》張義直《わりよしなお》、水戸頼房《みとよりふさ》とならんで、徳川の姓を名乗ることのできる御三家の当主である。家康の子であるため、将軍も敬称を付けて遇するほど、徳川にとって格別の相手であった。

だが、いかに御三家とはいえ、御座の間に足を踏み入れることはできなかった。かろうじて、職務上の報告をなす役人たちの入室は認められているが、御座の間は、将軍の居間であり、客の応対には使われなかった。

御座の間を出た家綱は、頼宣が待っている黒書院へと足を運んだ。

「お目通りを賜り、恐悦至極に存じあげまする」

黒書院下段の間襖際《ふすまぎわ》で頼宣が平伏した。

「うむ。大納言どのも健勝のようでなにより」

家綱が返した。

「そこは端近《はしぢか》なれば、今少しこちらへ参られよ」

「恐れ多い」

呼ばれた頼宣が躊躇《ちゅうちょ》した。

「同じ神君の血を引く者同士。遠慮はいらぬ」

「上様の思《おぼ》し召《め》しとあらば」

三度目の誘いにようやく応じた形をとって、頼宣が黒書院上段の間へと進んだ。

これも形式であった。戦《いくさ》が終わって泰平へと体制を変えた幕府は、軍事力ではなく礼儀礼法をもって諸大名を縛り付けていた。親戚筋の大名と会うだけだというのに、黒書院には大目付《おおめつけ》と目付《めつけ》が控え、頼宣の一挙一動に目を光らせていた。

「して今日はなにようかの」

家綱が問うた。

「国入りをいたしたく、お願いに参上つかまつった次第でございまする」

今年で還暦を迎える頼宣が、二十一歳の将軍へ深々と頭を下げた。

「……国入りの許しか」

苦い顔を家綱が浮かべた。

「お願いできませぬか。国入りを止められて以来、すでに十年になりまする。主《あるじ》が国に戻りませせぬのは、臣どもの増長を招き、治を乱しまする。わたくしめに与えられた罰とは承知いたしておりまするが、慶安《けいあん》のことにわたくしは一切かかわっておりませぬ。ただ、由井正雪《ゆいしょうせつ》と知己であっただけ。いささか重すぎる咎《とが》ではないかと……」

「大納言どの」

語っていた頼宣を大目付が止めた。

「御上《おかみ》の裁定にまちがいがあったと言われるか」

目付も血相を変えた。

「そのようなつもりはござらぬ。ただ、上様のお情けにすがりたいだけでござれば」

大目付、目付の憤《いきどお》りを、頼宣があしらった。

「伊豆守《いずのかみ》をここへ」

家綱が命じた。

「はっ」

後ろに控えていた小姓が、腰をあげた。

黒書院を出たところに待機している御殿坊主《ごてんぼうず》へ、小姓が用件を伝えた。

「お呼びでございましょうか」

待つほどもなく松平《まつだいら》伊豆守信綱《のぶつな》が黒書院下段の間へと姿を現した。

松平伊豆守は、三代将軍家光子飼いの家臣であった。花畑番と呼ばれた扈従《こじゅう》から小姓、ついには老中《ろうじゅう》まで上り詰めた寵臣《ちょうしん》中の寵臣であった。また、有能さで知られ、天草《あまくさ》の乱では、和蘭陀《オランダ》に海からの砲撃を命じるなど奇抜な手を用いて、長引く戦乱を終わらせた。

「大納言どのが国へ帰りたいと願っておる。いかがか」

家綱が訊《き》いた。

「紀州さまが……」

今気づいたかのように、松平伊豆守が頼宣を見た。

「十年にもなる。伊豆守、そろそろ許してはくれぬかの」

頼宣が松平伊豆守へ言った。

参勤交代という武家諸法度《ぶけしょはっと》の決まりにもかかわらず、紀州大納言徳川頼宣が、江戸へ留め置かれていたには理由があった。

頼宣には謀反《むほん》の疑いがかけられていた。

ことは家光が死んだ慶安四年（一六五一）までさかのぼる。

慶安四年四月二十日、三代将軍家光が病死した。その三ヶ月後の七月二十二日、軍学者由井正雪、槍《やり》の達人丸橋 忠弥《まるばしちゅうや》らが謀反を企《たくら》んでいると松平伊豆守のもとへ訴え出た者がいた。

家光の後を継いだ家綱は、まだ十一歳と幼く、世間に不安が拡《ひろ》がっていた。そこへ、謀反が起これば、どうなるかわからないと、松平伊豆守は迅速に行動し、町奉行に命じて、丸橋忠弥ら江戸にいた浪人、一味した旗本などを捕縛《ほばく》させた。

謀反の露見を知った由井正雪一行は、計画実行のため潜んでいた駿河《するが》で生害した。

これですべて終わったならば、よかった。

自害した由井正雪の荷物から出た書付《かきつけ》に、頼宣の名前があったことが、幕府を揺るがす事件へと発展した。

由井正雪の残した計画書に、江戸の煙硝蔵《えんしょうぐら》を爆破させ、その混乱に乗じて、紀州大納言家の紋入り提灯《ちょうちん》を持った浪人たちが江戸城へ侵入し、松平伊豆守をはじめとする執政《しっせい》一同を殺害し、家綱をとらえるとあったのだ。

ただちに松平伊豆守は在府していた頼宣を評定所《ひょうじょうしょ》へと呼び出した。

「由井正雪という軍学者をご存じであろう」

松平伊豆守の詰問《きつもん》に、頼宣は首肯《しゅこう》した。

「楠流《くすのきりゅう》の軍学をよくする者として、吾が藩士のいくたりかが弟子入りしておる。家臣どもの面倒を見てもらっているのだ、藩主としてあいさつをせねばなるまいと、一度目通りを許したことがある」

「認められるのだな」

頼宣の答えに松平伊豆守が身を乗り出した。

「面識があるというていどぞ」

「このたびの謀反に大納言どのがかかわっておると、由井正雪が残した計画書にある。相違ござらぬな」

「ふざけたことを。謀反を起こすような不逞《ふてい》の輩《やから》の言葉を、執政ともあろう者が、信じると」

相手にならぬと頼宣が首を振った。

「紀州家の紋入り提灯のことはどう釈明なさる」

厳しく松平伊豆守が追及した。

執拗《しつよう》なまでに松平伊豆守が頼宣を糾弾するにはわけがあった。

家光の死後、幼い家綱では天下がもつまい。家綱が成人するまで、御三家から後見を選んで、幕政を任せてはとの意見が諸処《しょしょ》から出ていたのである。

寵愛《ちょうあい》をくれ、小身《しょうしん》の旗本から、川越《かわごえ》六万石の大名にまで引きあげてくれた家光大事の松平伊豆守にとって、家光の血を引く家綱はなにより大切である。その家綱を操ろうとする御三家へ、警戒をもっていた松平伊豆守にとって、由井正雪の謀反は、頼宣を排斥できる絶好の機会だった。見逃すわけにはいかなかった。

「提灯など、そのへんの職人に金をやれば、いくらでもできよう。伊豆守の紋入り提灯を作って見せようか」

頼宣が鼻先で笑った。

なんとか頼宣を罪に落とそうとする松平伊豆守だったが、大坂の陣を経験した戦国最後の生き残り大名は、しぶとかった。

「よろしいかな」

松平伊豆守の責めをみごとにいなした頼宣が、評定所から帰ってもよいかと尋ねた。

「疑いが晴れたわけではござらぬ」

まだだと松平伊豆守が拒絶した。

「よいかげんにせぬか。余は神君家康公の子ぞ。幕府を、将軍家を盛《も》りたてるのが任。倒幕にくわわるなど、ありえるわけがなかろう」

「うぬう」

神君家康の名前が出ては、それ以上続けることはできなかった。

「伊豆守」

同席していた阿《あ》部《べ》豊後守《ぶんごのかみ》忠秋《ただあき》が、いさめた。

「大納言どの」

阿部豊後守が、話しかけた。

「なんじゃ」

誰《だれ》もが遠慮する執政に対しても、頼宣は横柄《おうへい》な態度を変えなかった。

「神君さまのお血筋が謀反など起こされぬと言われるが、六男松平忠輝《ただてる》さまのこともござる」

家康の六男忠輝は、南蛮《なんばん》と手を組んで二代将軍秀忠《ひでただ》へ対し謀反を企てたとして、改易流罪《るざい》にされていた。それも家康の命《めい》でであった。

「執政などと偉そうな顔をしておるが、ものさえ見えぬとはな」

あきれた口調で頼宣が告げた。

「上様のご信頼をもって老中の職をつとめておる我らに、あまりな暴言。大納言どのとはいえ、許すことはできぬ」

松平伊豆守が激昂《げっこう》した。

「兄忠輝が謀反を咎められた真の意味もわかっておらぬくせに、一人前の口をきくな」

頼宣がしかりつけた。

「真の意味とは、どういうことでござる」

顔を真っ赤にした松平伊豆守が問うた。

「他人に訊こうとするな。己で調べよ。それくらいの苦労を厭《いと》うな。それとも、ここにおるすべての者に報《しら》せてよいのか」

あたりを頼宣が見回した。

評定所には、老中の他に、大目付、目付、書役《かきやく》などがいた。

「…………」

松平伊豆守が黙った。

「もうよいな。豊後」

頼宣が腰をあげた。

「お待ちあれ」

阿部豊後守が手を上げて、頼宣を止めた。

「たしかに、大納言どのが由井正雪の謀反に加わっていたとの証拠はござらぬ。なれど、同じく潔白であるとの証《あかし》もござらぬ」

「ずいぶんな理屈ではないか、豊後。それで余をとがめるというなら、一つおもしろい話をしてやろう。じつは、由井正雪の謀反には、余の他に、阿部豊後守と松平伊豆守も加わっていた」

「な、なんという偽りを……」

腰をあげて松平伊豆守が激昂した。

「ふん。どうだ豊後。おぬしは、潔白だと証明できるのか」

嘲笑《ちょうしょう》を頼宣が浮かべた。

「落ち着け、伊豆守」

頼宣の挑発を受けず、阿部豊後守が松平伊豆守を見た。

「大納言どのには、当分の間、我らの目の届くところにいていただくということで」

顔色一つ変えることなく、阿部豊後守が告げた。

「うむ」

冷静になった松平伊豆守も同意した。

「紀州大納言頼宣」

敬称を消して松平伊豆守が述べた。

「上意である。控えよ」

頼宣の前に松平伊豆守が立った。

「はっ」

まだ幼い家綱の名代《みょうだい》として、松平伊豆守は頼宣へ命じたのだ。不満を口にすることは家綱の権威に傷を付けることになる。謀反の罪を避けても、不敬で咎められては意味がない。頼宣も頭を下げざるをえなかった。

「不届きなることこれあり、当分の間、江戸上屋敷にて謹慎いたせ」

「ありがたく承《うけたまわ》りまする」

頼宣はこうして、国元へ帰ることができなくなった。

それを許してくれと、本日、頼宣が願ってきた。

「国元へ戻りたいと言われるか」

松平伊豆守が確認した。

「そう聞こえなかったかの」

軽く頼宣が返した。

「藩主が長く国入りせぬのは、治が乱れるもととなろう。紀州が荒れては、大坂への押さえがきかなくなる」

頼宣が述べた。

家康の遺産を継いだ頼宣の領地は、駿河であった。それを二代将軍秀忠が、大坂を護《まも》るためと理由を付け、和歌山へ転封した。

「隠居なされば、よろしかろう」

冷たい表情で松平伊豆守が、言った。

隠居すれば、武家諸法度に従わなくともよくなった。参勤交代の義務がなくなり、領国へ入る必要もなくなる。また、隠居は当主の座を失うため、刑罰として用いられることもあり、よほどの罪でない限り赦免された。

松平伊豆守は、頼宣が隠居すれば、由井正雪の謀反にかかわる罪から解放されると、暗示したのである。

「まだ藩主の座を譲れるほど、光貞《みつさだ》はできておらぬ」

頼宣が首を振った。光貞とは頼宣の嫡男《ちゃくなん》である。すでに三十五歳になっていたが、まだ部屋住みのままであった。

「紀州は統治しにくい土地柄よ」

嘆息しながら、頼宣が語った。

「兄が儂《わし》を移すのだから、まともなところではないとわかってはいたがな、あれほどやりにくいとは思わなかったわ。根来寺《ねごろじ》に一向宗《いっこうしゅう》、さらに熊野権現《くまのごんげん》と神や仏がごろごろしておる。人ならば、押さえられても神仏は言うことをきいてくれぬ」

頼宣が首を振った。

戦国のころから紀州は施政者にとって面倒な土地であった。

とくに根来寺は寺領七十二万石、僧兵一万をこす一大勢力であった。紀州を寺持ちの国として、織田信長の侵略を何度も撃退した。

豊臣秀吉によってその伽藍《がらん》のほとんどを破壊され、往事の勢力は失ったとは言え、紀州の民への影響力は未だ侮《あなど》れないものがあった。

頼宣は紀州入りして以来、根来寺を手厚く保護し、伽藍の再建などに力を貸したが、それでも主君を抱《いだ》かずの僧侶たちはなかなか心服せず、うかつな弾圧はたちまち紀州一国をあげての一揆《いっき》となりかねなかった。

「光貞には辛抱《しんぼう》がないでな」

頼宣が述べた。

「伊豆守」

家綱が声をかけた。

「…………」

松平伊豆守は頼宣から目を離さなかった。

「秀忠さまのご意向を無にするおつもりならば、まだ江戸にいてもよろしゅうござるが」

念を押すように頼宣が言った。

「伊豆守」

ふたたび家綱が促した。

「……いたしかたございませぬ」

家綱へ顔を向けて伊豆守がうなずいた。

「うむ」

首肯した家綱が、頼宣へ向き直った。

「国入りを許す。道中気をつけて参れ」

「かたじけのうございまする」

頼宣が平伏した。

「上様……」

背を伸ばして頼宣が、呼びかけた。

「なんじゃ」

「…………」

頼宣は無言で家綱を見つめた。

「……伊豆守、ご苦労であった。戻るがよい」

意図をさとった家綱が、松平伊豆守へ手を振った。

「…………」

一瞥《いちべつ》を頼宣へくれた松平伊豆守が、一礼して黒書院を出て行った。

「さすがは上様」

己の希望に気づいた家綱を、頼宣が賛した。

「なにか申したいことでもあるのか」

家綱が訊いた。

「上様」

じっと頼宣が、一段高い座にいる家綱を見あげた。

「我らも源氏《げんじ》でございまする。そのことをお忘れなきよう」

そう言うと頼宣は深く平伏した。

「……そうか」

家綱は首をかしげながらも、用件はすんだと態度で示す頼宣へ、さらなる問いかけをすることなく、立ちあがった。

「他人がいては言えぬか」

小姓に先導されながら御座の間へ向かう家綱が、小さくつぶやいた。

「歯がゆい。城にいては、なにもわからぬ。躬《み》の意図をもって動いてくれる手足が欲しい。絶対の信頼を置ける臣が」

家綱の目に決意が浮かんだ。

二

「ご当主さまは、まだお城か」

外出から戻った深室賢治郎《みむろけんじろう》は、控えていた家士《かし》へ問うた。

「はい。まだお戻りではございませぬ」

家士が答えた。

「お戻りになられたならば、教えてくれ」

己に与えられた居室へと賢治郎は足を向けた。

賢治郎は、旗本寄合席《はたもとよりあいせき》三千石松平多門《たもん》の三男であった。

六歳のおり江戸城へあがり、三代将軍家光の嫡男竹千代《たけちよ》のお花畑番となった。お花畑番とは、将軍の嫡子と同年代の子供だけで作られた遊び相手のことだ。成長してそのまま小姓となっていくことが多く、なかから選ばれた者は将来寵臣として幕政に参与した。三代将軍家光における松平伊豆守信綱らが、その例である。

多門は賢治郎をそうするためにお花畑番へ押しこんだ。賢治郎は多門の思惑通り、竹千代のお気に入りとなって、毎日江戸城西の丸で起居するまでになった。なにもなければ、賢治郎は、竹千代が四代将軍となったとき、小姓、側役《そばやく》と出世していくはずだった。

不幸は、賢治郎が十五歳のときに起こった。賢治郎の父多門が病死した。跡を継いだ嫡男主馬《しゅま》と賢治郎は折り合いが悪かった。多門が女中に手を付けて生ませた賢治郎は、正室腹の主馬から見ると格下でしかない。その賢治郎が己以上の役目に就くことに主馬は耐えられなかった。当主の権をもって主馬は、賢治郎を役目から降ろそうとした。

武家にとって当主の言葉は絶対であった。まだ、四代将軍家綱となったばかりの竹千代は、慶安四年（一六五一）の由井正雪の乱の後始末で手一杯であり、賢治郎まで手が回らなかった。

さらに主馬は辞めた賢治郎をそのままにしておかなかった。大名に準じる扱いを受ける寄合席からすれば、数段格下の深室家へ、賢治郎を養子に出したのだ。

こうして賢治郎は松平家を出て深室の跡継ぎとなった。

深室家の当主作右衛門《さくえもん》は、留守居《るすい》番をつとめていた。

留守居番は、老中支配千石高で城内並びに大奥の警備を任とした。他に将軍、御台所《みだいどころ》、子女の外出の供もおこなった。

将軍近くに侍《はべ》ることもある留守居番は、六百石高の深室家としては破格であった。深室作右衛門は、賢治郎を婿《むこ》養子に迎える見返りとして、松平主馬の推薦を受け、留守居番の役目を手にしたのである。

裃《かみしも》を脱いだ賢治郎は、脇差《わきざし》を手にして、裏庭へ出た。六百石の深室家の敷地は五百坪をこえる。実家と比べれば小さいが、剣の稽古《けいこ》に困ることはなかった。

「………」

賢治郎は素足になると、深く瞑想《めいそう》した。

「はっ」

小さく気合いを吐いて、賢治郎は脇差を抜いた。

切っ先で地を指す下段の構えから賢治郎は、一気に斬《き》りあげた。

「やあっ」

そのまま振り落とし、また下段から袈裟《けさ》に移った。

賢治郎の遣《つか》うのは小太刀《こだち》であった。

竹千代の側にあがった賢治郎に、父多門は小太刀を修行させた。

「神君家康公によってこの日《ひ》の本《もと》から戦は消えた。武士が槍や太刀を振るう時代は終わったのだ。だが、武すべてが不要になったわけではない。旗本は将軍家の盾。敵を倒すのではなく、将軍の御身《おんみ》を護り奉《たてまつ》るのが任。将軍家はあまりお出歩きにならぬ。当然城中で過ごされることが多い。なれば、室内での戦いを考えねばならぬ。長い太刀では、鴨居《かもい》や柱に引っかかる。なにより、背にかばった将軍家のお身体《からだ》に刃先が触れるようなこととなっては、本末転倒である」

こうして賢治郎は、風心流の小太刀を身につけた。

風心流は、京古流の末葉とされる。鞍馬《くらま》流と同様、修験者《しゅげんじゃ》の間で細々と伝えられたもので、足捌《さば》きと素早い太刀行きに特徴があった。

松平家の菩提寺《ぼだいじ》に滞在していた修験者から、賢治郎は風心流を学び、十年かけて初伝を受けるまでになった。

「初伝はまだ端緒である。さらに中伝、奥伝と先は長い。剣は終生が修行ぞ。次に会うまで、鍛錬を欠かすな」

賢治郎の師厳路坊《げんじぼう》は、初伝を授けた後、諸国回行に出てしまい、今は教えを受けることができなくなっていた。

「はあ」

風心流の型は少ない。

縦二段、左右袈裟懸け四段、水平三段の九種だけである。賢治郎は何度も何度も同じ型を繰り返した。

汗が湯気となるまで、剣を振るった賢治郎は、井戸端で諸肌脱《もろはだ》ぎになって身体を拭《ふ》いた。

「ご当主さま、お帰りにございまする」

そこへ家士が報せに来た。

「かたじけない」

家士に礼を言って、賢治郎は玄関まで作右衛門を迎えに出た。

「お帰り」

先触《さきぶ》れの中間《ちゅうげん》が大声をあげた。

留守居番は、大番、書院番と同じく、番方である。槍を立て、騎乗することが許された。槍持ちの後に、馬に乗った作右衛門が続いてきた。

「お戻りなさいませ」

先頭に立って出迎えたのは、作右衛門の妻刀禰《とね》であった。

「うむ。今戻った」

太刀を腰から抜いて、用人《ようにん》へ手渡した作右衛門が、刀禰へ首肯した。

「お帰りなさいませ」

続いて一人娘の三弥《みや》が声をかけた。

「変わりはないか」

「朝もお会いしました。一日でなにかあろうはずもございませぬ」

三弥がほほえんだ。

「けっこうだ」

満足そうに作右衛門が笑った。

「……………」

三弥の後ろで、賢治郎は頭を下げた。

「賢治郎、部屋まで来るように」

いつもしかめ面《つら》しかしない作右衛門が、にこやかな顔で賢治郎に言った。

「はい」

作右衛門について、賢治郎は当主居間へと入った。

「座れ」

命じられて賢治郎は下座に腰を下ろした。

「本日、組頭さまより、ご内意をいただいた」

「ご栄転でございまするか」

賢治郎は問うた。内意とは、栄転の前に報されることが多く、左遷されることはまずなかった。

「儂ではないわ」

笑みを浮かべたまま、作右衛門が否定した。

「そなたよ」

「わたくしでございまするか」

思わず賢治郎は確認した。

当主が役目に就いているときに、部屋住みの嫡男や次男が召し出される。ないわけではないが、非常に珍しかった。

「うむ。それもお小納戸《こなんど》ぞ」

作右衛門が告げた。

小納戸とは、将軍の身の回りの世話をする役目である。小姓よりは格が低いが、話をすることもあり、五百石内外の旗本にとって出世の大きな糸口となる垂涎《すいぜん》の任であった。

「十日後に、お城へ上がれとのことだ」

「わたくしにつとまりましょうか」

賢治郎が自信なさげに訊いた。

「できぬできないではない。やってもらわねばならぬ。義理とはいえ、親子二代の奉職は、出世の前触れ。深室が千石となれるやも知れぬのだ。決して失敗はいたすなよ」

千石をこえれば、旗本のなかでも格上になる。大名家との婚姻もあり得るのだ。縁者の身分が高くなれば、さらなる出世も夢ではない。作右衛門が目の色を変えるのも当然であった。

「わかりましてございまする」

力なく賢治郎はうなずいた。

「で、義父上。小納戸役の何係でございましょうや」

賢治郎が問うた。小納戸は任によって細かく係が分かれていた。

「月代《さかやき》御髪《おぐし》、俗に言うお髷番《まげばん》ぞ」

作右衛門が答えた。

三

勢いよく駆けこんできた若い衆が、待合《まちあい》で座っている客の数に顔をしかめた。

「親方、急ぎなんだ。どのくらいかかる」

若い衆が問うた。

「太郎吉《たろうきち》じゃないか。ずいぶん慌ててるな。あいにく、見てのとおりでな、半刻《はんとき》（約一時間）は待ってもらわないと」

問われた髪結い床上総屋辰之助《かずさやたつのすけ》親方が答えた。

「ううむ。半刻かあ」

小さく太郎吉がうなった。

「おいらの髷は、親方じゃないと決まらねえしなあ」

「親分の用かい」

「ああ。ちょいと品川《しながわ》まで行かなきゃならねえ」

辰之助の問いに太郎吉がうなずいた。

「明神《みょうじん》の親分さんの顔を潰《つぶ》すわけにはいかねえ。親方、先にやっていいよ。皆もかまわねえよな」

「ああ」

待っていた客から、順番を飛ばす許しが出た。

「お武家《ぶけ》さまもよろしゅうございますか」

ただ一人待合にいる若い武士へと辰之助が訊いた。

「かまわぬ」

短く武家がうなずいた。

「お許しがでた。太郎吉、ここへ座りな」

「すまねえ。恩に着る」

呼ばれた太郎吉が、頭を何度も下げながら、辰之助の前へ腰を下ろした。

「太郎吉の兄貴、これを」

上総屋の小僧が、白木の板を太郎吉の手に持たせた。

「傾けるんじゃねえぞ」

辰之助から言われた太郎吉が、白木の板を胸の前で水平に捧《ささ》げた。剃《そ》った髪などを受けるためのものである。あたりに髪の毛を散らさず、板の上だけにとどめるのも職人の腕であった。

「鋏《はさみ》」

「へい」

小僧が辰之助に道具を差し出す。

音を立てて太郎吉の髷を縛っていた元結《もとゆ》いが切られ、髪がざんばらになった。

「剃刀《かみそり》」

急いで小僧が剃刀を辰之助へと渡した。

「…………」

無言で受け取った辰之助が、剃刀を太郎吉の月代《さかやき》へとあてた。

小さな音を立てて、太郎吉の月代が剃られ、生え際が整えられていった。

「眉《まゆ》はどうする」

「ちょいと掛け合いごとをしなきゃなんねえんで、少し強めにお願いいたしやす」

「おうよ」

辰之助が眉の尾をはねるように薄くした。

「元結い」

命じた辰之助が出した左手へ小僧が紐《ひも》を二つのせた。

「きつめに締めるぜ」

「頼みやした」

太郎吉が首肯した。

辰之助は空《あ》いている右手で、鬢付《びんつ》け油《あぶら》を塗り、後ろへ垂らしてた髪の毛に一度しごきを入れた。

「…………」

太郎吉の髷を整えた辰之助が、息を詰めた。

辰之助は一気に髷へ二本の元結いをかけた。小さな音を立てて鋏が入れられ、元結いの余りが切り取られた。

「さすがだぜ、親方」

「仮元結いをせずに、これだけみごとにそろえられるのは、江戸広しといえども、親方くらいのものだぜ」

見ていた客たちがはやしたてた。

髪をまとめて折り曲げた髷は、かなり太い。普通の髪結いなら、髷の位置と形を決めてから、まず紙のこよりなどで仮止めをして、そのあと元結いの左右の長さを合わせてからかける。こうしないと髷の形が崩れたり、元結いが緩《ゆる》んだりするのだ。

それを辰之助は、一気に本元結いをしてのけた。

髷の形が整っているのはもちろん、元結いの重なりもそろえたように左右同一、客の賞賛も当然であった。

「かっちけねえ、親方」

「お礼なら、順番を譲ってくださった皆様へしな」

頭を下げる太郎吉へ、辰之助が言った。

「ありがとうござんした」

太郎吉が、一礼して上総屋を出て行った。

「お待たせいたしやした。どうぞ」

辰之助が武家へと声をかけた。

「うむ」

小さくうなずいた武家が、太郎吉のあとに座った。

「うちは初めてでござんすね」

「ああ。評判を聞いたのでな」

武家が首肯した。武家は深室賢治郎であった。

「それはどうもありがとうございまする。で、いかがいたしやしょう」

「髷の形など気にしたことがないのだ。よいようにしてくれぬか」

任せると賢治郎が言った。

「失礼ながら、ご身分をお伺いしてよろしゅうございましょうか」

侍の場合身分によっていろいろと制約があった。無役の御家人《ごけにん》であれば許されるような髷でも、旗本では禁じられていたりする。辰之助が問うのも当然であった。

「まもなくお役に就く六百石の旗本である」

「お旗本さまで。こいつあどうも」

名の知れた髪結い床とはいえ、身分ある侍が来ることはなかった。ほとんど家来の手でさせるか、出入りの髪結いを屋敷に呼ぶからである。

「では、御髪をいじらせていただきやす」

辰之助が軽く緊張した。

「おい、鋏」

ふたたび辰之助が髪結いにとりかかった。小半刻（約三十分）ほどで、賢治郎の髷は整えられた。

「おつかれさまでございました」

武家から小僧が板を受け取った。

「いかがで」

辰之助が合わせ鏡をして、賢治郎へ出来上がりを見せた。

「けっこうだ」

賢治郎は満足だと首を縦に振った。

「いくらだ」

「五十文《もん》ちょうだいいたしまする」

「少ないが、小僧になにかやってくれ」

賢治郎が豆板銀《まめいたぎん》を一つ支払った。

「これはどうも」

受け取った辰之助が礼を述べた。

一枚が四文と決まっている寛永通宝波銭《かんえいつうほうなみせん》と違い、豆板銀は重さで値段が変わった。一応幕府の規定した重さで作られていたが、半匁《もんめ》から六十匁までいろいろあり、正確な価値を知るには、両替商《りょうがえしょう》へ持ちこむ必要があった。

「こんなに」

豆板銀の重さに、辰之助が驚いた。

「かまわぬ」

「多すぎやす。三十匁はございましょう」

辰之助がいくらなんでもと豆板銀を賢治郎へ返そうとした。

銀の値段は相場で上下したが、おおむね六十匁で一両であった。一両はおよそ四千文、三十匁は、その半分である。銭にして二千文、じつに辰之助の請求の四十倍であった。

「受け取ってくれい。その代わり、しばし、親方の仕事を見せてもらいたいのだ」

賢治郎が述べた。

「髪結いの仕事をお旗本さまが……」

怪訝《けげん》な顔を辰之助がした。

「話をせねばわかるまい。名乗りもまだであったな。拙者深室賢治郎と申す。駿河台《するがだい》に住まう旗本である」

「これは、ごていねいに」

辰之助が、あわてて腰をかがめた。

「お歴々のお旗本さまが、またなんで髪結いの仕事をご覧に」

「じつはこの度《たび》、新たにお役を命じられた」

賢治郎は続けた。

「そのお役が……」

「お役が……」

興味をあらわに辰之助が繰り返した。

「お小納戸月代御髪係、通称、お髷番なのだ」

「お髷番」

怪訝な顔を辰之助が浮かべた。

「おそれおおくも上様のお髷を整えさせていただくお役目である」

「し、将軍さまの……」

辰之助が絶句した。

「そうだ。拙者は十日先から、上様のおつむりを任される。しかし、髷を結われたことはあっても、結ったことはない。このままいきなり、上様のお髷を触《さわ》らせていただくわけにはいかぬ」

「そりゃあそうでございますな」

落ち着いた辰之助が首肯した。

「で、江戸でも評判な親方の仕事を見させてもらいに参った。許してはくれまいか」

賢治郎はふたたび頼んだ。

「ううむう」

辰之助が腕を組んでうなった。

「見ていただくのはかまいやせんが……」

「なにか不都合でもあるのか」

難しい顔をした辰之助へ賢治郎は、問うた。

「できるかってことで。うちには小僧が三人、下職人が二人おりやす。小僧から一応剃刀を使わせる下職人になるまで、早くて四年かかりやす。はばかりながら、十日やそこらじゃ、髪受け板を持たせることもできやせんよ」

なめるなと辰之助が告げた。

「だが、しなければならぬ。決してじゃまはせぬ。見せてはくれぬか」

賢治郎は迫った。

「じゃまはせぬとおっしゃいますがねえ。わたくしにしてみれば、側にお武家さまがおられるというだけで、気になりますで」

辰之助が渋った。

「そこをなんとか頼む」

「……………」

無言で辰之助が賢治郎を見た。

「おい、貞《さだ》。大根」

「へい、親方」

呼ばれた小僧が駆けていった。

「どうぞ」

すぐに戻ってきた貞が、大根を手にしていた。

「深室さま、この大根の毛を剃ってくださいませ」

辰之助が大根と剃刀を賢治郎へ渡した。

「……わかった」

試そうとしているとわかった賢治郎は、受け取るとさっそく剃刀を大根に当てた。

「もうけっこうで」

小さく辰之助が首を振った。

「まだ剃っていないぞ」

賢治郎は驚いた。

「そのまま剃刀を遣ったんでは、皮が切れまする。剃刀の刃を立てすぎで」

辰之助が賢治郎から剃刀を取りあげた。

「深室さま、お武家さまならば、剣の遣いかたはよくご存じのはず。刀はどのようにして人を斬られまするので」

「刃筋を立て、こう手元へ引くように……」

質問に賢治郎は手振りをもって答えた。

「あっ」

賢治郎は気づいた。

「剃刀と刀じゃ、遣いようが違うので。人を斬るのが仕事の刀と、人を傷つけないのが役目の剃刀。それを同じようにされては、大怪我《おおけが》どころか、下手《へた》をすれば死にまする。このあご下の髭《ひげ》をあたっている最中に、ちょっと剃刀を滑らせれば……」

こんこんと辰之助が諭《さと》した。

「申しわけない」

賢治郎は頭を下げた。

「あと、毛の生えている方向をご覧になりやしたか」

辰之助が、さらに言った。

「えっ」

「剃刀は毛にあわせてあてかたを変えなきゃいけませぬ。逆らうように動かせば、深く剃れまするが、皮が傷つきまする。順目にあてれば、剃りが甘くなる。剃刀というのは、毛を見て遣うもので」

あきれた口調で、辰之助が語った。

「わたくしにとって、この月代は、お武家さまにおける戦場。刃物のあてかた一つで、店なんぞ一瞬で吹き飛びまする。そうならないように、細心の注意を払っておりまする。また、小僧どももいずれ独り立ちしたときに、そうならないよう、叩《たた》かれても罵《ののし》られても耐えるので」

「……すまなかった」

床屋を甘く見るなと叱《しか》られた賢治郎は、深く謝った。

「おわかりいただいたようで」

「今日はこれにて失礼いたす。ご一同、おじゃまをいたした」

賢治郎は待合の客にも詫《わ》びて、上総屋を出た。


屋敷へ戻った賢治郎を出迎えたのは、まだ幼さの残る深室家の娘三弥であった。

「お戻りか」

「ただいま戻りましてございまする」

玄関式台に立ったままの三弥へ、賢治郎はていねいに挨拶《あいさつ》を返した。

「どこへお見えでございました」

上から見下ろすように小柄な三弥が問うた。

「お役目に就くにあたって、役に立つことを学びに参っておりました」

すなおに賢治郎は述べた。

「学びに……それはけっこうなことでございまする」

三弥が鷹揚《おうよう》にうなずいた。

賢治郎の肩までしかない小柄な娘こそ、旗本六百石深室家の一人娘三弥であった。賢治郎は、三弥の婿という形で深室家へ養子に入っていた。

「しっかりとお役をつとめ、六百石ながら留守居番にまであがった父の名前に泥を塗ることのないように」

「はあ」

三弥が言い残して去っていった。

玄関に立ったまま、賢治郎は嘆息した。

四

番方の旗本の帰邸は、宿直《とのい》でないかぎり、おおむね暮れ七つ半（午後五時ごろ）から、暮れ六つ（午後六時ごろ）の間と決まっていた。

留守居番の任を終えた作右衛門が、暮れ六つ前に屋敷へと戻ってきた。

当主の着替えが終われば、すぐに夕餉《ゆうげ》となる。

賢治郎は家士の呼び出しに応じて、当主作右衛門の居室へと食事を摂《と》りに出向いた。気詰まりではあったが、嫡男となった賢治郎は、作右衛門と朝夕の食事をともにしなければならなかった。

「食事を始める」

床の間を背にした作右衛門の合図で、賢治郎も箸《はし》をとった。

まともな武家では、身のまわりのことを女がすることはない。着替えも給仕も家士たちによっておこなわれた。

「出かけたそうだな」

食事をしながら、作右衛門が訊いた。

「はい」

賢治郎は箸を置き、背筋を伸ばした。

「どこへ行った」

飯を喰《く》いながら、作右衛門は続けた。

「髪結い床へ参りました」

「なぜそのようなところへ。髪結いならば家士にさせればすむものを。おおっ。そうか、お髷番の修練か」

作右衛門が手を打った。

「はい」

「毎日上様のお近くに仕えるのだ。気を引き締めよ。そなたの粗相《そそう》は、深室家の傷になる。小納戸は出世の入り口であるが、ご機嫌《きげん》を損じれば、家を潰すこともある」

「心しておきまする」

忠告に賢治郎はうなずいた。

「あと、できるだけ儂の名前を上様のお耳に入れるようにな。儂は留守居番で終わる気はない。遠国《おんごく》奉行《ぶぎょう》か、目付となり、一層の働きをいたしたいのだ」

高い望みを作右衛門が語った。

「……はい」

賢治郎は首肯するしかなかった。

武士本来の立身出世は戦場での働きである。命を懸けて槍をくり、剣を振る。名のある敵を討ち取り、敵陣へ乗りこむ。

手柄を立てた報賞として、旗本たちは禄《ろく》を与えられた。

だが、徳川家康の天下統一によって、乱世は終わり、泰平となった。武士たちの独壇場であった戦いがなくなってしまった今、手柄の代わりが役目となった。

旗本たちは役目のうえで功労をあげ、出世するしかなくなった。家禄を増やすには、できるだけ上を目指すしかない。

「目付になれれば、深室家の家禄が千石になることはまちがいない」

作右衛門の目が光った。家格が一つあがる。それはかなり大きな違いを生んだ。

「そうなれば、三弥との婚姻を許す」

餌《えさ》をぶら下げるかのように作右衛門が言った。

婿養子に入ったとはいえ、まだ賢治郎と三弥は夫婦となっていなかった。

「まだ三弥は、女の印を見ておらぬ」

三弥が幼いとの理由で、賢治郎は形だけの婿とされた。

「努力いたしまする」

食欲をなくした賢治郎は、そっと茶碗を膳《ぜん》の上へ戻した。


翌日も賢治郎は、上総屋へ向かった。

「またでござんすか」

嫌そうな顔を見せていた辰之助だったが、賢治郎の訪問が五日を数えたところで、根負けした。

「見るだけでございますよ」

「かたじけない」

念願かなった賢治郎は、一日辰之助の動きを目で追った。

いよいよ明日から、江戸城へあがるという日の夕刻、辰之助が賢治郎へ声をかけた。

「髪結いの仕事は、男一生のものでございまする。たかが五日ほどでなにかを摑《つか》んだと思われては困りまするが……」

辰之助が言葉をきった。

「もう一度、この大根に剃刀をあててごらんなされ」

大根を辰之助が出した。

「お借りする」

賢治郎は与えられた剃刀を持つと、じっと大根を見つめた。しばらく食い入るように大根を見た後、賢治郎は剃刀の刃を寝かせてあてた。

「結構でございまする。さすが、お武家さま。刃物の扱いはすぐに習得されましたな」

満足そうに辰之助がうなずいた。

「おまえたちも見習わなきゃいけないよ」

辰之助が小僧と下職人へ顔を向けた。

「必死というのは、数年の修業にまさりますな。いや、恐れいりました」

感心した辰之助が、賢治郎を見た。

「一つだけ。剃刀に力を入れてはいけませぬ。これだけはお忘れなきように」

辰之助が教訓を一つ口にした。

「なにを言われるか」

賢治郎は笑った。

「これで修業が終わったわけではございますまい。拙者は今後も休みのたびに、教えてもらいに来るつもりでございまする。親方」

「な、なにを。将軍さまのお側に仕えるお方を弟子になんぞとれますか」

言われた辰之助が慌てた。

「すでに弟子でござる。どうぞ、今後ともよしなに」

唖然《あぜん》とする辰之助を残して、賢治郎は上総屋を出た。

神田《かんだ》明神近くの上総屋から、駿河台の深室家までは、さして離れていない。

すでに日は暮れていたが、賢治郎は気にすることなく屋敷へと向かった。

江戸の町は暗い。辻《つじ》ごとに大名旗本の維持する灯籠《とうろう》があるが、灯《あか》りの届く範囲は狭い。路地を曲がっただけで、人の姿も見分けられないほどの闇《やみ》が広がっていた。

「……誰《だれ》だ」

賢治郎は路地の手前で気配をさとった。

「気づいたか」

舌打ちとともに路地から一人の侍が出てきた。すっぽりと顔を頭巾《ずきん》で覆《おお》い、人相を隠した侍は、賢治郎から五間《けん》（約九メートル）離れたところで立ち止まった。

「深室賢治郎だな」

居丈高に頭巾の侍が確認した。

「いかにも。おぬしは」

「知る必要はない」

賢治郎の問いを頭巾の侍は一蹴《いっしゅう》した。

「お役を辞退せい」

いきなり要件を頭巾の侍が述べた。

「馬鹿を申すな。御上よりの命ぞ。お断りするなど、旗本の道理に反する」

ふざけるなと賢治郎は拒否した。

「まだ身にしみておらぬのか」

頭巾の侍があわれむような口調をした。

「身にしみてとはなんのことだ」

怪訝な顔を賢治郎はした。

「実家を追われ、格下の家で肩身の狭い娘婿。それも婿とは名ばかり」

「くっ……」

痛いところを突かれた賢治郎がうめいた。

「きさまが上様のお側にあがっては困るのだ」

「なるほど。上様へつごうのよいことを吹きこむつもりか」

賢治郎は見抜いた。

お小納戸は将軍の着替え、食事の手伝いなどを任とする。それこそ、将軍が目覚めてから就寝するまで一日側に仕えるのだ。当然、目にもとまるし、話をすることも多い。

己の出世はもちろん、縁のあった者を引きあげることも十分にできた。小姓番と並んで、お小納戸は千石未満の旗本のあこがれであった。

「命が惜しくば、身を引け」

「断ろう。吾が身は上様より望まれたもの」

頭巾の侍へ、賢治郎はきっぱりと告げた。家綱が名指ししてくれたのだと、賢治郎は思っていた。家綱と過ごした過去だけが、賢治郎の支えである。なにがあっても破るわけにはいかなかった。

「ならば、死ね」

太刀を抜きざまに、頭巾の侍が斬りかかってきた。

「……なんの」

十分に警戒していた賢治郎は、大きく後ろへ跳んで間合いを保った。

「逃がすか」

賢治郎の動きを逃走と見た頭巾の侍が、追いすがってきた。

「やああ」

間合いが三間（五・四メートル）を切るまで待った賢治郎は、抜き打ちに太刀を振った。

「……ちっ」

五寸（約十五センチメートル）の間で頭巾の侍がかわした。

「居合《いあ》いか」

太刀をふたたび鞘《さや》へ戻した賢治郎に、頭巾の侍が言った。

「来い」

賢治郎は誘った。

居合いは鞘内にあって勝負を決するという。

こちらから仕掛けるのではなく、相手の動きにあわせて、後《ご》の先《せん》、あるいは後の後をとる。目の配り、足の位置、腰のひねり、そのすべてが合わさって居合いは尋常ならぬ威力を発揮した。

「むう」

頭巾の侍が苦い声を出した。

太刀を下段へ変えた頭巾の侍がつま先で地を削るように、間合いを詰め始めた。

「…………」

ゆっくりと賢治郎も腰を落とした。

間合いが三間から二間（約三・六メートル）になった。どちらかが踏み出せば、切っ先が相手に届く、一足一刀の間合いに、二人は踏みこんだ。

「ときをかけてよいのか。人が来るぞ」

賢治郎が挑発した。

「ちっ」

舌打ちをした頭巾の侍が、一気に間合いを詰めた。

「りゃあああ」

下段から斬りあげられた一閃《いっせん》は、刃風を感じさせるほど鋭いものだった。

「なんの」

身体をそらせて、賢治郎は頭巾の侍の一撃に空《くう》を切らせた。

「おうやあ」

引いた動きにつけこむように、頭巾の侍がつぎつぎと太刀を繰り出した。

「…………」

無言で賢治郎はかわし続けた。

「逃げるな」

焦《あせ》った頭巾の侍が、右足を出して、大きく太刀を振りあげた。

「ぬん」

賢治郎はこの瞬間を待っていた。

太刀に置いていた右手を脇差に変えると、抜き打ちに斬りあげた。

短いだけ軽い脇差は、頭巾の侍の一撃よりも早かった。

「ぎゃっ」

腹から胸へと斬り裂かれた頭巾の侍が、のけぞった。

「浅い」

手応《てごた》えのなさに賢治郎は気づいた。

十分に間合いは摑んでいた。しかし、賢治郎の脇差が与えたのは致命傷ではなかった。

「おのれ……」

頭巾の侍が、賢治郎をにらみつけた。ざっくりと着物が裂け、浅黒い肌に真っ赤な筋が入っていた。

「次は許さぬ」

片手で傷口を押さえて、頭巾の侍が路地へと逃げていった。

「……行ったか」

目の利かない路地へ飛びこむほど賢治郎はおろかではなかった。それよりも考えなければならないことがあった。

「存分に斬ったはず……」

賢治郎は辻灯籠の光に刀身をすかしてみた。

「一寸（約三センチメートル）ほどか」

うっすらと血脂《ちあぶら》が浮いていた。

「三寸は食いこんでいなければならぬ」

足下を賢治郎は確認した。

「踏みこみは足りている。となれば……腕が縮んだか」

賢治郎は理解した。初めての真剣勝負に、賢治郎の身体が萎縮《いしゅく》していた。

「危なかった」

勝ったわけではないと、賢治郎は理解した。

「このようなことでどうする。お城で上様が襲われたとき、十分でない対応をしては
……」

賢治郎は背筋《せすじ》に寒いものを覚えた。

「修行しなおさねばならぬ」

脇差の脂を懐紙で拭《ふ》いた賢治郎は、鞘へ戻しながら歩き出した。屋敷まで近い。帰ってすぐに手入れをすれば、脇差の錆《さび》は防げる。

「あやつは何者だ。いや、あやつだけではあるまい。後ろに誰かいるはず」

たとえ賢治郎が辞退したところで、後任にはいれるとはかぎらない。なにより、己自身が刺客のまねごとをするような奴《やつ》に、賢治郎の後任となるお小納戸を決めるだけの権があるとは思えなかった。

「前途多難だな」

賢治郎は、襲撃してきた者の背後を考えて、小さく嘆息した。

五

「深室作右衛門、嫡子賢治郎、格別の思し召しをもって、小納戸役に任じ、月代御髪係を命じる」

翌日四つ（午前十時ごろ）に登城した賢治郎は、江戸城白書院において奏者番堀田《ほった》備中守《びっちゅうのかみ》正俊《まさとし》より、辞令を受けた。

「なお、深室家食禄十分に就き、あらたに加増されず」

堀田備中守が述べた。

お小納戸は若年寄《わかどしより》支配五百石高である。六百石高である深室家にとっては、わずかながら格下となる。

「なれど、上様のおはからいによって、在任中十五人扶持《ぶち》を賜《たまわ》る」

「はっ」

賢治郎は深く平伏した。

一人扶持は一日につき玄米五合を支給される。十五人扶持であれば、一日七升五合、一年でおよそ二十七石になった。

「忠を尽くせ」

「誓って」

声をかけた堀田備中守へ、賢治郎は応《こた》えた。

堀田備中守は、家光の寵臣でその死に殉じた老中堀田加賀守《かがのかみ》正盛《まさもり》の三男である。大奥の創始者で家光の乳母《うば》であった春日局《かすがのつぼね》の養子となり、その死後遺領を継いだ。家光の深い寵愛を受け、早くから嫡男家綱につけられた。家綱が将軍となるや、奏者番に任じられ、七千石加増されて、上野安中《こうずけあんなか》藩二万石の藩主となっていた。

奏者番は、その名のとおり、将軍へ何かを報告する役目である。大名からの贈りもの、お目通りする者の履歴などを披露する。他に将軍家に代わって、言葉を伝えたり、役目に就く者へ辞令を伝えたりもした。

「聞けばかつて上様のお側にあがっていたそうだな」

「はい。六歳からお仕え申しておりました」

へんに隠しだてしても、賢治郎の経歴を調べることはたやすい。賢治郎はすなおに話した。

「なぜに上様の前から去ったかは問わぬ。ただ、願いで役目を降りることは、今後は許されぬ。いや、してはならぬ。お側近くにおる者が、辞を願うことは、上様へお仕えすることが嫌になったととられるからだ。そうなったとき、もっとも傷つかれるのは上様である」

「………」

賢治郎は応えることなく、深く平伏した。

かつて兄の命とはいえ、賢治郎が家綱の前から去ったことは確かなのだ。

「わかったな。ならば、職へと就くがいい」

堀田備中守が、白書院を出て行った。

「深室、立つがよい」

同席していた目付がうながした。

「はっ」

言われて賢治郎は立ちあがった。

旗本にとって目付ほど怖いものはなかった。一挙一動に目を光らせ、少しでも落度があれば、きびしく咎めた。謹慎ていどならまだしも、目付ににらまれれば、お役ご免、下手をすれば家が取りつぶされることもある。

賢治郎は畳の縁《へり》や、敷居を踏まないように細心の注意を払いながら、白書院をでた。

納戸御門を入って右に曲がったところに、各職ごとの支度部屋があった。下部屋と呼ばれるそれは、老中だけが個室で、あとは職ごとにあてがわれていた。

「ごめん」

小納戸の下部屋の前で膝《ひざ》を突いた賢治郎は、外から声をかけた。

「どなたじゃの」

なかから誰何《すいか》が返された。

「本日より小納戸月代御髪を命じられました、深室賢治郎にございまする」

賢治郎は名乗った。

「入られるがよい」

「では」

許可が出た賢治郎は、ようやく襖を開けて下部屋へ入った。

「若いな」

先ほどから返答していたらしい初老の小納戸が驚いた。

「申し遅れた。拙者小納戸組頭をつとめる大山高衛《たかえ》じゃ」

「よしなにお願い申しあげまする」

賢治郎は頭を下げた。

「励めよ」

大山の言葉で賢治郎は、小納戸に受け入れられた。

賢治郎を入れて二十二名となった小納戸は、半数ずつ一日交代で家綱の世話をした。小納戸の職務は早朝から始まった。明け七つ半（午前五時ごろ）までに登城し、役目の用意をすませていなければならなかった。

「入りこみ始め候」

大山のかけ声で当番の小納戸たちは、将軍が寝ている御座の間へと入り、己の担当する場所の掃除を始める。

「朝か……」

枕元で箒《ほうき》を使われては、寝ていられない。毎朝、家綱は入り込みと称する掃除によって目を覚まさせられていた。

「もううう」

寝ずの番として御座の間隅に控えていた小姓が、独特の声を張りあげて家綱の起床を報せた。

「上様には、健《すこ》やかなるお目覚め。臣一同、慶賀に存じまする」

小姓組頭が、代表して口上を述べ、小納戸や小姓、小姓番が平伏した。

「うむ」

対して家綱の返答は短い。毎朝の決まった行事であった。

「お漱《すす》ぎを」

輪島塗《わじまぬり》の大ぶりの椀と上総の塩、黒柳の小枝を叩いて作った房楊枝《ふさようじ》が、鍋島緞通《なべしまだんつう》の上にのせられて、家綱の前へと置かれた。

「お袖《そで》を」

小姓が後ろから家綱の袖を支え、洗顔がおこなわれた。

洗顔を終え厠《かわや》をすませてからが、月代御髪係の出番であった。

「お頭《つむり》にご無礼をいたしまする」

家綱の前で一度平伏してから、賢治郎は背後へ立った。

「うむ」

月代御髪係が持つ道具箱から、剃刀を取り出した賢治郎は、同役が用意してくれた手桶《ておけ》に浸した。

「元結い解かせていただきまする」

実際は切るのだが、縁を断つにつうじると嫌い、こういう言いかたがされた。

「慣れたか、賢治郎」

目を閉じた家綱が問うた。

「未《いま》だ恐れ多さに手が震えまする」

正直な感想を賢治郎が述べた。

「手先をまちがえてくれるな」

小さく笑いながら家綱が言った。

「身命を賭《と》しておりますれば……」

万一家綱の頭に傷を負わせたら、賢治郎の首は飛んだ。

「気にするな。一度や二度は当たり前じゃ。躬が騒がねば、なかったことになる」

「そのような……」

「いままで何度切られたことか。よく見てみるがいい。躬の頭を」

言われて賢治郎は気づいた。ほとんど消えかけているが、家綱の頭には数本の筋が残っていた。

「頭を傷つけられても、文句一つ言えぬ。喰いたくなくとも喰わねばならぬ。抱きたくなくとも抱かねばならぬ。将軍とは不便なものよな」

小さく家綱が嘆息した。

「上様……」

賢治郎が気遣った。

「そなたと遊んだ竹千代のころが偲《しの》ばれてならぬわ」

「おそれながら、上様はこの日の本の頂点に立たれたのでございまする。なにとぞ、民《たみ》一同のことをお考えいただきますよう」

「そなたまで、そのようなことを申すか。毎日毎日、伊豆守から言われ続けて、飽き飽きしておる。あのものは、なにかあれば、すぐに神君家康さまはどうであった、父家光さまはこうなされたと、死者と比べおる」

　家綱が不満を口にした。

「伊豆守さまは、先代さまより上様の傅育《ふいく》を命じられたお方。上様を天晴《あっぱ》れ名君と讃《たた》えられる将軍家となさるべく、耳に痛いことも述べられておるのでございまする」

　小納戸として家綱の側に仕えだして、賢治郎は幕閣の要人の姿をよく見ていた。

「わかっておるが……」

　それ以上、家綱は口にしなかった。

　賢治郎はその先に気に入らないと続くことを理解していたが、なんの反応も返さなかった。

　将軍家御座の間には、多くの小姓や小納戸がいる。ここで家綱が松平伊豆守のことを悪く言えば、すぐに話は拡《ひろ》がり、大きな影響がでかねなかった。

　家綱から嫌われていると知ったところで、松平伊豆守は気にさえとめないだろうが、伊豆守の失脚を狙《ねら》っている者からすれば、旗印となる。

「元結いをかけさせていただきまする」

　最後まで言わなかった家綱の無念と配慮に賢治郎は尊敬の念をもった。

「ご苦労であった」

家綱のねぎらいで、賢治郎の仕事は終わった。

小納戸は一日勤務して、翌日は休日となる。ただし、勤務の日は宿直もこなすため、丸一日江戸城にいることとなった。

「交代でござる」

賢治郎の相役である月代御髪係武藤健左《むとうけんざ》が、声をかけた。

「お早いお見えでござるな」

下部屋で賢治郎は武藤健左を待っていた。

月代御髪係は、朝の一時《ひととき》だけの役目である。家綱の髷を結ってしまえば、あとは一日することもなく下部屋で過ごすだけであった。

「ご退屈であったであろう」

笑いながら武藤が言った。

「はあ」

露骨に同意もできず、賢治郎は生返事をした。

「まあ、そのうちに慣れまするよ。なにせ、月代御髪は、お髷番と呼ばれるように上様のお体へ唯一刃物をあてることが許されるお役目。役目中の緊張は、他役のおよぶところではござらぬ。うまく息抜きすることを覚えぬと、思わぬ失態を起こしまする。休めるときはしっかりと休まれよ」

「ありがとうございまする」

先達《せんだつ》らしい武藤の忠告に、賢治郎は頭を下げた。

「では、お先に」

賢治郎は己の夜具を抱えて、下部屋を出た。

宿直は、食、夜具ともに自弁であった。もちろん湯に入ることなどできなかった。小納戸の交代は早朝である。まだ、役人たちは登城していない。人の少ない江戸城内をゆっくりと歩きながら、賢治郎は疲れを感じていた。

「なにもせぬというのは、辛《つら》いな」

賢治郎は嘆息した。

「若」

大手門を出たところで、深室家の中間が待っていた。

「清太《せいた》か」

夜具の横から顔を出して賢治郎は確認した。

「お持ちいたしまする」

清太が、賢治郎から夜具と弁当箱を受け取って、持参してきた挟箱《はさみばこ》へ入れた。

「頼む」

賢治郎は、清太の前に立って歩き始めた。

「お疲れでございましょう」

挟箱を担いで、従いながら清太が問うた。

「まだ一月《ひとつき》にもならぬからな。慣れるまではなかなか難しい」

「若なら、きっとおやりになれまする」

清太が励ました。

「ああ。しなければならぬ」

賢治郎は首肯した。

深室家のなかで清太は賢治郎を跡継ぎとして扱う数少ない奉公人であった。

本来嫁入りであれ、婿養子であれ、実家から気心のきいた使用人を連れてくるのが普通であった。賢治郎の実家は三千石寄合席である。次男の賢治郎にもかなりの数の家臣がついていた。しかし、兄主馬は賢治郎に一人の家臣も分け与えはしなかった。

賢治郎は元服するなり、一人で深室家へと追いやられた。

「お戻りでございまする」

清太が大声をあげた。

どこの旗本屋敷でも、当主が役に就いていることは誇りであった。

勤務へ出る、帰るのたびに、こうやって、周囲の旗本たちへ、自慢するのである。

「お帰りでございましたか」

「三弥どの……」

玄関に三弥がいた。賢治郎は驚いた。

「失敗などおかしてはおりませぬでございましょうな」

三弥の口から厳しい言葉が出た。

「つつがなくお役目を果たして参りました」

出迎えてもらえたとの喜びが一気にさめた。

「ならば結構でございまする。深室の家名に傷などつけませぬように、精進なされませ」

言い終わると三弥は奥へと姿を消した。

「…………」

賢治郎は無言で自室へと引っこんだ。

翌日の休みを賢治郎は上総屋で過ごした。

「旦那《だんな》も熱心だねえ」

顔見知りになった大工の棟梁《とうりょう》が、感心した。

「すまぬな。気になるであろう」

賢治郎は詫びた。

「気にしちゃいやせんよ。こっちは勝手にしゃべってやす。髪結い床ってのは、湯屋と並んで、男のたまり場でござんしてね」

棟梁が笑った。

「そういうものなのか」

「でござんすよ」

別の町人も加わった。

「湯屋よりも髪結い床が、どちらかといえば、ありがたいので。なにせ、湯屋は入るのに金が要《い》りやすが、髪結い床は、いるだけならただで」

「照蔵《てるぞう》、そういう了見《りょうけん》かい」

辰之助が笑いながら、文句を言った。

「いいじゃねえか、待合に閑古鳥《かんこどり》が鳴いているような髪結い床には、客も来やしねえぜ」

照蔵と呼ばれた男が言い返した。

「ちげえねえや」

大工の棟梁が手を打った。

「かなわねえなあ」

頭をかきながら辰之助が嘆息した。

「しかし、いいのかよ。大工の棟梁に左官《さかん》の親方が、こんなところで油を売っていて」

剃刀を動かしながら、辰之助が言った。

「暇なものは仕方ねえだろう。そう再々家作もねえよ」

大工の棟梁が肩をすくめた。

「おいらが出るまでもない片手間な仕事ばかりでよ」

左官の親方をしている照蔵が首を振った。

「振り袖火事の後始末も終わっちまったしなあ」

「靖吉《やすきち》、火事を望んでいるように聞こえるぞ」

辰之助がたしなめた。

振り袖火事とは、明暦《めいれき》三年（一六五七）一月に江戸を襲った大火のことである。本郷《ほんごう》から起こった火はおりからの強風に煽《あお》られて、瞬《また》く間《ま》に拡がった。二ヶ月以上雨が降っていなかったことも災いした。三日にわたった火事は、諸大名の屋敷五百以上、社寺三百、橋六十一、八百町余りを灰燼《かいじん》に帰し、江戸城の天守閣まで焼いてようやく鎮火した。死者はじつに十万二千人を数えたという。

あまりの災害に幕府は、お救《すく》い米《まい》を出しただけではなく、家屋再建の費用を武士町人の区別なく貸し出したりして、江戸の復興をうながした。おかげで、四年経《た》った今では、燃える前よりも繁華な江戸へと発展していた。

「そんなつもりはないけどよ。去年ぐらいまでは、雨でも休むことができねえくらい忙しかったんだぜ、それに比べりゃ……なあ」

同意を求めるように靖吉が照蔵へ顔を向けた。

「まあなあ」

あいまいな表情で、照蔵がうなずいた。

「気をつけなよ」

元結いを締めながら辰之助が、二人を見た。

「ここには、そんな野郎はいねえが、どこでどう話が伝わるかもわかりゃしねえ。稼ぎが薄くなった大工と左官が、付け火の相談をしていたと訴人《そにん》されたら、大事になるぜ」

辰之助が忠告した。

「冗談じゃねえ」

あわてて靖吉が首を振った。

「あの火事を目の当《まあ》たりにしたんだぜ。どれだけ悲惨か身にしみてらあな。おいらのところは、ばあさんと子供一人を失ったし、照蔵は、女房と子供全部やられたんだ。火事ばかりはごめんだよ」

必死に靖吉が抗弁した。

「まったくだ」

照蔵が同意した。

辰之助の手元を見つめながら、賢治郎も明暦の大火《たいか》を思い出していた。

火事が起こったとき、賢治郎は家綱のもとから下がって一年ほど経っていた。雉子《きじ》橋《ばし》通り小川町《おがわまち》にあった実家にも火が入り、避難する途中で江戸城の天守閣が火に包まれる様子を見た賢治郎は、思わず固まった。

徳川家の象徴であった天守閣が、松明《たいまつ》のように燃えあがって崩れ落ちたのだ。盤《ばん》石《じゃく》と信じていた徳川の天下が、賢治郎のなかで大きく揺らいだ瞬間でもあった。

「家綱さま」

我に返った賢治郎は、江戸城へと駆け入り、家綱のもとへと向かった。

「大事ない、上様さまには、すでに紅葉山《もみじやま》へご避難遊ばした。無役の者がお側近くに寄るは混乱のもと。貴殿のことはお伝えしておく」

家綱を捜す賢治郎をとどめたのは、松平伊豆守であった。松平伊豆守は、屋敷が江戸城内郭内《うちぐるわ》であったこともあり、もっとも早く駆けつけ、家綱を紅葉山へと避難させていた。

「上様のこと、くれぐれもお頼み申す」

それ以上わがままを通すこともできず、賢治郎は引き下がったが、これで松平伊豆守の目にとまった。それが家綱の助けとなり、賢治郎を小納戸とした。

「ここが肝心なところでござんす」

元結いに鋏を入れながら、辰之助が注意を促した。

「拝見する」

辰之助の言葉に賢治郎は想い出を頭から切り離した。

第二章　密命の裏

一

「賢治郎」

月代《さかやき》をあたっていた賢治郎に、家綱が声をかけた。

「お痛みでもございましたか」

慣れてない賢治郎は、あわてて剃刀《かみそり》を離した。

「違うわ」

家綱が苦笑した。

「申しわけございませぬ」

賢治郎は詫《わ》びた。

「謝ることでもなかろう。それよりも続きをいたせ」

途中で止《や》められてはたまらぬと家綱が促した。

「皆の者、少し、遠慮いたせ」

不意に家綱が命じた。

「上様、なにを」

小姓組頭が驚きの声をあげた。

「御身形《おんみなり》を整えておりまするときに、一同を排せられるなど」

小納戸組頭大山高衛も反対した。

「そなたたちが、穴の空《あ》くほど見つめておるゆえ、賢治郎は緊張いたすのだ。躬《み》も頭を切られてはたまらぬ。よって、離れよと申したのだ」

家綱が述べた。

「深室が上様のお頭《つむり》にお傷をつけるようなまねをいたしますれば、ただちに取り押さえ……」

賢治郎をにらみながら大山が言った。

「たわけが」

するどく家綱が叱《しか》った。

「今まで、何度躬の頭が傷ついたか、そなた、知らぬはずはなかろう」

「……………」

大山が黙った。

「その者が咎《とが》めを受けてはかわいそうじゃと、辛抱《しんぼう》して参った。しかし、そなたがそう申すならば、話は別じゃ。歴代の月代御髪どもすべてに腹切らせよ」

「そ、それは……」

怒鳴りつける家綱に、大山は口ごもった。

「まず最初に、そなたからよな。躬が忘れたとでも思っておったのか。まだ前髪があった余の額《ひたい》を剃《そ》るおりに、眉間《みけん》を削《そ》いだのは、誰《だれ》じゃ」

家綱がうっすらと残る傷を指さした。

「申しわけございませぬ」

大山が平伏した。

「いつまでも躬を人形扱いいたすというならば、この場におる一同ただではおかぬぞ」

「おそれいりまする」

その場にいた全員が平伏した。

小姓も無縁ではなかった。将軍の身体《からだ》に傷を付けたことを知りながら、黙って見逃してきたのだ。家綱が表沙汰《おもてざた》にすれば、改易は免《まぬが》れなかった。

「わかったか。これより、躬の月代を剃るおりは、余人の同席を認めぬ」

「はっ」

小姓、小納戸が急いで御座の間を出て行った。

「上様、いったいなにを」

一人残った賢治郎はとまどうしかなかった。

「二人きりで話がしたかったのだ」

家綱が小声で言った。

「……二人きりででございまするか」

剃刀を動かしながら、賢治郎は確認した。

「のう、躬にとって、なにより信用が置ける者は誰だと思うか」

賢治郎の疑問には答えず、家綱が訊《き》いた。

「まず、松平伊豆守さま、阿部豊後守さま、堀田備中守さまでございましょう」

家光の時代からの重臣と、早くから小姓として近侍《きんじ》してきた大名の名を賢治郎はあげた。

「違う」

家綱が首を振った。

「躬にとって、かの執政どもは信頼のできる者ではある。なれど、信用ということにおいては、より以上の者がおる」

「それほど上様に信用をいただいている者が……」

椿油《つばきあぶら》を家綱の髪一つ一つになじませるように塗りながら、賢治郎は軽い嫉妬《しっと》を覚えた。かつて、お花畑番として家綱の側《そば》にあったとき、誰よりも賢治郎は寵愛《ちょうあい》された自信があった。だが、それも兄主馬の嫌がらせで、退かざるをえなくなり、何年も家綱に目通りを願うことさえできなかった。この数年の間に、家綱がそれだけ信用できる臣をもったと知って、賢治郎はうれしくもあり、少し無念でもあった。

「なに消沈しておる。躬がもっとも信用しておるのは、そなたぞ、賢治郎」

家綱が小さく笑った。

「えっ」

賢治郎は息をのんだ。

「考えてもみよ。月代御髪係は、躬の身体に唯一刃物を当てることができる役目ぞ。典医《てんい》どもでさえ、糸脈しかせぬというのにだ」

糸脈とは、貴人の身体に直接触《さわ》ることはおそれおおいとして、手首に絹糸を巻き付け、それを隣室からたぐって、診察することである。

「もし、そなたが叛意《はんい》をもっておれば、その剃刀を首に滑らせるだけで、躬の命はなくなる」

「そ、そのようなこと……」

言われた賢治郎は顔色を変え、飛ぶように家綱から離れた。

「せぬとわかっておる。それがなぜだかわかるか。躬とそなたは、童《わらわ》のころからともに過ごした仲」

じっと家綱が賢治郎を見つめた。

「躬にとって、そなたは、父家光にとっての寵臣松平伊豆守ぞ」

「…………」

あまりのことに賢治郎は言葉を失った。

「わたくしにそれほどの才はございませぬ」

松平伊豆守は知恵出《い》ずとかけられて知恵伊豆と呼ばれるほどの智者《ちしゃ》として有名であった。

「残念ながら、そうじゃの」

あっさりと家綱が認めた。

「伊豆ほどの機転が利けば、そなたは躬の側から去ることはなかった」

「……申しわけありませぬ」

賢治郎は小さくなるしかなかった。

「伊豆のような働きをそなたには求めておらぬ」

「では、なにをなせばよろしゅうございましょう」

首をかしげて賢治郎は、訊いた。

「城を出ることのかなわぬ躬の代わりをいたせ」

「それは……」

「躬の言うことを調べ、報告いたすのよ。それをもとに躬は、伊豆どもへ対応を命じる」

家綱が述べた。

「迂遠《うえん》ではございませぬか。最初から御執政衆へお申し付けになられれば……」

賢治郎は再考を促した。

「それでは、躬のもとへ返ってくる報告は、老中どものつごうよいものとなろう」

「……たしかに仰《おお》せのとおりでございまする」

「意味がないのだ。それではの。躬は父家光のように、将軍として天下の政《まつりごと》を見ねばならぬ。それが徳川の宗家へ生まれた者の運命《さだめ》である」

「ははっ」

毅然《きぜん》と言う家綱の威厳に、賢治郎は膝《ひざ》を突いた。

「なんなりとお申し付けくださいますよう」

「うむ。早速《さっそく》であるが……」

家綱は、頼宣からささやかれたことを賢治郎へ語った。

「我らも源氏なれば……でございまするか」

賢治郎は首をかしげた。

「なにを申したいのか、躬にもわからぬ。ゆえに、賢治郎、そなたに命じる。頼宣について調べよ」

「承《うけたまわ》りまして候」

家綱の側に戻った賢治郎は、元結いをかけた。

「少し手慣れてきたようだな」

「なかなかに難しゅうございまする」

賢治郎は首を振った。

「これでいい。皆の者を呼んで参れ」

「はっ」

命じられて賢治郎は御座の間から出て行った。

「躬は、父をこえねばならぬのだ。伊豆や豊後から笑われぬようにするにはな」

暗い表情で家綱がつぶやいた。


翌朝、当番の交代を終えた賢治郎は、ひとまず深室の屋敷へと戻った。荷物を置き、井戸端で身体を清め、自室で横になった。

下部屋で仮眠を取ることが許されているとはいえ、不意の御用に備えるため、寝ずの番をする小納戸も同席しているのだ。己の用はすんだからといって、高鼾《たかいびき》というわけにはいかなかった。なにより、小納戸でもっとも新任である賢治郎には、先達たちの雑用をこなすという慣例があり、満足な休息もとれなかった。

「昼餉《ひるげ》の用意ができましてございまする」

寝ていた賢治郎を、家士が起こした。

「もうそんなに寝たか」

起きあがった賢治郎は苦笑した。

「お食事をお持ちしまする」

家士が一度下がった。

当主がいれば共に食事をする。跡継ぎの義務であった。しかし、役目で作右衛門が出ているときは、賢治郎一人自室で食事をすませる。

「馳走《ちそう》であった」

一人での昼餉は質素であった。大根の葉を浮かべた味噌汁《みそしる》と菜の煮物、たくあん漬けで、賢治郎は三杯の飯を片付けた。

「これより後《のち》はいかがなされましょうか」

膳《ぜん》を片付けながら、家士が問うた。

「少し出てくる」

「いつもの髪結い床でございましょうか」

家士が確認した。

「いや、松平家へ」

立ちあがった賢治郎を、家士が驚きの顔で見あげた。

「誰か供を」

家士があわてて言った。

「いやいい。たいしたようではない」

「ですが、松平さまに訪《おとな》いを入れるとなれば、手ぶらでというわけにも参りませぬ」

役に就いていなくとも寄合旗本の力は大きい。格で言えば、外様《とざま》大名よりも高いのだ。失礼があっては、ならなかった。

「大事ない。兄に会うわけではない」

賢治郎は首を振った。

「なにより、この時分なれば、兄はお城であろう」

「……さようでございますか」

ようやく家士が納得した。

二

雉子橋通り小川町の松平主馬屋敷は、三千石という高禄ともあいまって一千五百坪をこえる。表門も数万石ほどの外様大名の造りよりも重厚で、威厳を誇っていた。家臣の数も多く、開かれた表門の前に、門番足軽《あしがる》が立っていた。

「これは賢治郎さま」

門番足軽が気づいた。

「お珍しい」

「言うてくれるな」

苦笑いを賢治郎はした。

「主馬さまは、お城でございまする」

「わかっている」

賢治郎はうなずいた。

「少し書庫を見せてもらいたくてな」

「お調べものでございまするか……」

困ったような顔を門番足軽が浮かべた。

「兄に叱られるか」

「有《あ》り様《よう》は……」

申しわけなさそうに門番足軽が言った。

「母上はおられるか」

「はい」

ほっと門番足軽が息をついた。

「ならば、母上にお目通りを願おう。これならよいであろう。息子が母に会う。どこからも文句は出まい」

「ありがとうございまする。ご母堂さまは離れにおられまする」

先に立った門番足軽が、賢治郎を邸内へと案内した。

賢治郎が目通りを願ったのは、実母ではなかった。賢治郎の亡父松平多門の正室で、やはり寄合席の旗本五千石本多内記《ないき》から輿入《こしい》れしてきた。景子《けいこ》といい、多門との間に嫡男主馬と長女由紀《ゆき》をもうけた。

「ご母堂さまへ、深室賢治郎さまがお目通りを願っておりまする」

門番足軽から案内を受け継いだ家士が、離れの前で控えていた女中に告げた。

「しばしお待ちを。ごつごうをうかがって参りまする」

女中が離れのなかへ消えた。

ほとんど大名に近い寄合席旗本の奥と表は厳格な区別がされていた。屋敷の奥となれば、いかに息子とはいえ、賢治郎でも入ることはできなかった。

現在松平家の奥は、主馬の正室が仕切っている。

「景瑞院《けいずいいん》さまのお許しがございました」

すぐに女中が戻ってきた。

景瑞院とは、景子の法名《ほうみょう》である。夫を亡くした武家の妻は跡取りがいない場合を除いて、落髪し、出家した。

「ご無礼をいたしまする」

離れの縁側へ賢治郎は膝を突いた。

「障子《しょうじ》を開けなさい」

なかから声がした。

「はい」

女中が膝を突いたままで障子を開け、少し下がった。

「久しいですね、賢治郎どの」

景瑞院が、口を開いた。

「ご無沙汰《ぶさた》をいたしております。ご健勝のご様子、ほっといたしておりまする」

縁側で賢治郎は頭を下げた。

「今日はどうしました」

正室と妾腹の息子、難しい関係であるが、景瑞院は賢治郎を柔らかい笑顔で迎えた。

「書庫への立ち入りをお願いいたしたく」

賢治郎は無駄な話を排し、用件を告げた。

「……書庫へ」

「いささか調べたきことができまして」

首をかしげる景瑞院へ、賢治郎は家綱の命《めい》であることを隠した。

「ご当主どのには、言いにくいようでございますね」

景瑞院が笑った。

「主馬ももう少し余裕をもてればよいのだけど……」

兄である主馬と賢治郎の仲が壊れた原因は父多門にあった。

旗本は、跡継ぎがなければ廃絶と決まっている。また、嫡男《ちゃくなん》がいても、万一のことがありえる。控えの男子は多いほどいい。三千石の旗本が側室を持つのは当然とされていた。当たり前のように多門は女中に手を出した。そして生まれたのが賢治郎であった。

嫡男主馬が生まれてから、かなり経《た》ってできた次男賢治郎を多門はかわいがった。しかし、長男が無事に成人し妻を娶《めと》り、子をなせば、次男は不要となる。多門は、そうなったときのため、賢治郎にも別家を立てさせようと考えた。無理な伝手《つて》を使い、金も撒《ま》いて、多門は賢治郎を家綱の花畑番に押しこんだのだ。

次代の将軍の側、これほどあきらかな出世街道はない。次男ならば、まず別家を立てさせてもらえた。

賢治郎は、家綱が将軍となったとき、別家できるだけでなく、大名への取りたてもあり得る位置に就いたのだ。

主馬は嫉妬した。

もともと妾腹として下に見ていた弟が父親から寵愛されるのを苦々しく思っていた主馬である。その弟に負けるなど我慢できなかった。そんなおりに父多門が急死した。家綱が己の寵臣たちを引きあげて行く力をつけるまでに、賢治郎を遠ざけねばならないと、主馬は当主の立場を利用して、身を退かせた。

「他家へ出たとはいえ、ここは賢治郎どのの実家。遠慮することはありませぬよ」

ほほえみながら景瑞院が許した。

賢治郎の母、幸《さち》は、貧しい御家人の娘であった。行儀見習いにあがった松平家で多門の手がつき、賢治郎を産んだ。

景瑞院が幸のことを嫌わなかったのは、すでに三十歳をこえていたからだった。

名門の旗本、大名の家では、三十歳をこえた女は閨《ねや》ごとから遠ざかるのが慣習であった。

もとは高年齢出産をさけるためであったが、いつの間にか、三十歳をこえて閨に侍《はべ》る女は淫乱《いんらん》であるという別のものへ変化し、定着していた。

もともと身体のあまり丈夫ではなかった景瑞院は、幸へ辛《つら》くあたらず、賢治郎のことも我が子のように慈《いつく》しんでくれた。しかし、幸は、産後の肥立《ひだ》ちが悪く、賢治郎を産んで三年経たずに死んだ。哀れんだ景瑞院は、賢治郎を手元に置いて養育した。

賢治郎は景瑞院によって扶育されたも同然であった。

「お役目はいかがですか」

用件はすんだと景瑞院が話を変えた。景瑞院も賢治郎が小納戸として召されたことを知っていた。

「精一杯つとめさせていただいておりまする」

「そうなさいませな。上様と賢治郎どのは十年に近いときを同じくしてこられたのでございまする。他の方々とは違いまする。なにがあっても、賢治郎どのは、上様へ忠節を尽くさねばなりませぬ」

「はい」

景瑞院の諭《さと》しに賢治郎は首肯《しゅこう》した。

「あちらではよくしていただいておりまするか」

続いて景瑞院は深室家での状況を尋ねた。

「……はい」

一瞬だけ賢治郎の返答は遅れた。

「賢治郎どのも優しくなされなければいけませぬ。なんといってもお相手は幼いお方。家の事情で、賢治郎どのを婿《むこ》となさらざるを得なかったのでございまする。もちろん、賢治郎どのも、あの方を妻とすることを強《し》いられましたが、次男以下はいずれ家を出て、他家を継がねばならぬもの。かわいがっておあげなさいませ。女は夫で変わるもの」

「心いたしまする」

賢治郎は忠告を聞いた。

「では、またお出《い》でなさい」

「失礼いたしまする」

行っていいと言われて、賢治郎は手を突いて別れの挨拶《あいさつ》を口にした。

景瑞院の許可が出た。家士は賢治郎を庭の隅にある書庫へと連れて行った。

「念のために申しあげまするが……」

「わかっている。持ち出しはせぬ。ここで読むだけじゃ」

家士の懸念《けねん》を賢治郎は払拭《ふっしょく》した。

「では、お帰りの際は、お声をおかけくださいませ」

去っていく家士を見送ることもなく、賢治郎は書庫へ足を踏み入れた。

深室家にも書庫はあった。しかし、気詰まりな実家の書庫まで足を運んだには、理由があった。

賢治郎が求めたのは松平家の家譜であった。

実家の松平家も、その名字が表すように徳川の一門であった。といったところで、はるか昔に臣従した分家筋であるが、代々の家譜を持っていた。

「ここか」

家譜には松平家の先祖代々の功績が記されている。これは、当主の代替わりごとに幕府へ提出するもので、かなり詳細であった。

「これではないな」

賢治郎は先祖の功績を興味なく脇へ置いた。

「あった」

先祖のものよりかなり分厚い書付を賢治郎は開いた。

「徳川宗家さまのご由緒書き」

なかには家康の祖父清康《きよやす》以降の事績と系図が記されていた。

もとは幕府が家康の死後編纂《へんさん》したものの写しであった。一門として、二代将軍秀忠から松平家へ下賜《かし》された。それに代が替わるごとに、松平家が付け加え、現在は家光までが記されていた。

賢治郎は実家にある書付で頼宣のことを調べようとしていた。

「城の書物奉行に頼むことはできぬ」

頁を繰りながら、賢治郎はつぶやいた。

人払いをしたうえでの命である。機密を要すると言われなくともわかる。江戸城で頼宣のことを調べようとすれば、どうしても目立ってしまう。

賢治郎が来たくもない実家へ足を踏み入れたのは、そのためであった。

「徳川頼宣……ここだな」

書付を賢治郎は読んだ。

紀州徳川大納言頼宣は、神君徳川家康の十男として、慶長《けいちょう》七年（一六〇二）伏見《ふしみ》城にて生まれた。生母は、家康の愛妾で勝浦《かつうら》城主正木頼忠《まさきよりただ》の娘お万の方である。お万の方は、頼宣を産んだ翌年、十一男御三家水戸初代頼房をもうけるほど深い寵愛を家康から受けた。

晩年の子である頼宣は家康から溺愛《できあい》され、慶長八年、二歳で常陸《ひたち》水戸藩二十万石を与えられたのを皮切りに、三年後の慶長十一年（一六〇六）、家康の隠居領駿河へ移され、五十万石の太守《たいしゅ》となった。頼宣は家康の手元で扶育され、その死後、駿河城と譜代の家臣たちすべてを受け継いだ。

しかし、家康のかわいがりは、二代将軍となった兄秀忠から憎まれた。

大坂の豊臣家が滅び、家康が死んだあとの、元和《げんな》五年（一六一九）、頼宣は、ものなり豊かで実高は百万石に匹敵する駿河から、紀伊国《きいのくに》へ転封させられた。城の修復費用として二万両の下賜はあったが、増禄されず、そのままでの移封は、江戸から遠ざけられたこともあり、あきらかな冷遇であった。

「西国の護《まも》りをせよと申すならば、余に大坂城と百万石を与えよ。されば、島津《しまづ》と毛《もう》利《り》が力あわせて攻めようとも、一兵たりとて東へはいかさぬ」

紀州へ行けと言われたとき、頼宣はこう豪語したと伝えられるが、幕府の決定に変化はなかった。

家康からすべてを譲られたとの自負と、あと十年早く生まれていれば、二代将軍の座を兄になどわたさなかったものをと公言する豪儀さは、戦国の気風を残した最後の武将と称される一方で、幕府からは簒奪《さんだつ》の意志ありと見られ、絶えず警戒された。

「大納言さまの名前が、由井正雪の残した文書にあった。幕府が色めき立つのも当然だ」

　賢治郎は、頼宣の経歴を読んで納得した。

「その大納言さまが、上様へ我らもまた源氏なりと囁《ささや》かれた。その真意はどこにある」

　懐紙を出した賢治郎は、頼宣の経歴から重要なことを抜き出して書き写した。

「とりあえずはここまでか」

　余り長居をするべきではないと、賢治郎は家譜をもとに戻して、書庫から出た。

「助かった」

　少し離れたところで待っていた家士に、礼を述べて賢治郎は松平家を後にした。

　賢治郎が去ってから、半刻《はんとき》（約一時間）ほどして松平主馬が下城して来た。寄合とは、高級旗本で無役のものの総称である。下級旗本御家人でいうところの小普請組《こぶしんぐみ》に相当し、役目がないため登城する必要はなかった。

　それでも松平主馬が連日江戸城へあがっているのは、役目に就きたいからであった。泰平となった今、出世するには、幕府役付となって功績をあげるしかなくなり、誰もが争って任官を求めていた。

しかし、幕府に旗本すべてを役目に就けるだけの余力はなく、ほとんどがあぶれる羽目となっていた。

名門とはいえ、なにもせず屋敷に籠《こ》もっていては、役目にありつくことはできない。もちろん要路へ金を遣《つか》わなければならなかったが、同時に名前を売るため、江戸城へ顔を出すことも重要であった。

「お戻りなさいませ」

家士たちが出迎えるなか、主馬は玄関式台に置かれた駕籠《かご》から出た。

「留守中なにかなかったか」

主馬は玄関脇で控える用人へ問うた。

「堀田備中守どのより、お呼びだしの使者などは来ておらぬか」

「未《いま》だお見えではございませぬ」

用人が首を振った。

「城中であれほどお願いしたというに、なぜじゃ」

不機嫌な声を主馬があげた。

「家柄でいけば、町奉行こそふさわしいが、そこは初任、書院番組頭、あるいは大番頭でよいと遠慮しておるに……。まだ、金が足らぬか」

奥へと向かいながら主馬が不満を漏らした。

「あの賢治郎でさえ、小納戸になった。小納戸は上様のお側近くに仕える。後の出世を約束されたも同然」

「殿」

後ろに従っていた用人が、口を開いた。

「その賢治郎さまが、本日お見えになりました」

「なんだと」

足を止めて主馬が振り向いた。

「何しに来おった」

「書庫で調べものをなさっておられたようでございまする」

用人が報告した。

「誰が許した」

怒りの目で主馬がにらみつけた。

「ご母堂さまが」

「母がか」

主馬の顔がゆがんだ。

「離れへ参る」

「はっ」

用人の背後で控えていた家士が、先触《さきぶ》れをするため、小走りに駆け出していった。

「ご当主どの。お戻りなされませ」

当主来訪の報《しら》せを受けた景瑞院が、離れの縁側に座って待っていた。

「ただいまもどりましてございまする」

縁側へ膝を突いて主馬も挨拶を返した。

「母上、賢治郎に書庫の出入りをさせたそうでございまするが」

「はい。それがなにか差《さ》し障《さわ》りでもございまするか」

景瑞院が首をかしげた。

「賢治郎はすでに松平の家を出たもの。あまり軽々に迎えられるべきではございませぬ」

主馬が苦言を呈した。

「それは気づきませせなんだ。家を出たものは、帰ってはならぬものでございましたか。ならば、月どのもご実家へ戻られてはならぬことになりまするな」

月とは主馬の妻のことだ。上野国伊勢崎《いせさき》藩酒井日向守忠能《ひゅうがのかみただよし》の娘である。酒井忠能は、二代将軍秀忠、三代将軍家光に仕え、大老《たいろう》へと登った酒井雅楽頭忠世《うたのかみただよ》の孫である。慶安四年より奏者番をつとめ、いずれは執政にと言われている人物であった。

「それは……」

言い返された主馬が詰まった。

主馬は妻の実家の引きも出世の頼みとしている。おりにふれては、妻を里帰りさせ、義父忠能へ、夫を引きあげてくれるよう頼ませていた。

「家を出ようが出まいが、血のつながりは途絶《とだ》えるものではございませぬ」

「ですが、賢治郎は深室家の跡を継ぐもの。実家とはいえ、しきりに出入りしては、養家もあまりよい気はいたしますまい」

「しきり……」

にこやかに笑いながら景瑞院が首をかしげた。

「賢治郎どのが、養子に出られて、本日が初めてのお帰りだと思いましたが……」

「……うっ」

主馬が詰まった。

「人というのは、いくつになっても生まれた家が懐かしいものなのでございまする。たしかにあまり何度も顔を出されては、外聞もよろしくはございませぬが、年に数度ていどならば、とがめるほどのこともありますまい」

景瑞院が述べた。

「着替えもまだでございますれば、ごめん」

苦虫《にがむし》を噛《か》んだような顔で、主馬は景瑞院の前から去った。

居室へ戻った主馬は、家士に着替えを手伝わせながら、訊いた。

「賢治郎はなにを調べに来たのだ」

「そこまでは……」

膝を突いて主馬の帯を整えながら、家士が首を振った。

「なにをしておるのだ。そのくらい気をまわせ。一度も帰ってこなかった賢治郎が、書庫に入った。深室の書庫では足らぬからとわかろうが。書庫を見て参れ」

「ですが、賢治郎さまがなにをご覧になっていたかまでは……」

家士がおそるおそる言った。

「そのくらいもわからぬのか。書庫の本など黴《かび》の生えたような古いものばかり。ここ数年はまともに虫干しさえしておらぬ。埃《ほこり》がたまっておろうが」

「では、埃のなくなったものが、賢治郎さまのお読みになったもの」

「そうじゃ、わかったならば、行け」

怒鳴るように主馬が命じた。

追いたてられた家士は、小半刻（約三十分）ほどで戻ってきた。

「この二冊ではないかと」

「貸せ」

差し出された書付を奪うように主馬が取った。

「これは松平家の家譜ではないか。このようなものに今更なんの用がある。こちらは、ご宗家の系譜……うん」

徳川家の系譜を開いた主馬が、小さく声をあげた。

「ここか。拡《ひろ》げた癖が付いている」

系譜にせよ家譜にせよ、手書きされた和紙をまとめ、紐《ひも》で綴《と》じてある。開いただけならば、すぐに閉じてしまう。読むならば、どうしても手で押さえて、頁に癖を付けなければならなかった。

「紀州大納言さまの項目……あやつがなぜ頼宣公の系譜を……」

目を閉じて主馬が沈思した。

「そういえば、十年ぶりに大納言さまが、お国入りをなさると聞いた。それとかかわりがあるか」

頼宣の禁足が解けたとの話は、半日足らずで江戸城に広まっていた。

「賢治郎と紀州家には、いっさいの関係はない。賢治郎には頼宣公の事績を調べる理由がない。であるにもかかわらず敷居の高い実家の書庫まで来た。……賢治郎がそこまでするとなれば……上様か」

主馬が目を開いた。

「これはひょっとすれば……恩になるやも」

書付を閉じた主馬が笑った。

「問題は誰に売りつけるかだが……できるだけ高く買ってくれるお方でなければならぬ。大納言さまとの確執がある松平伊豆守さまか、もとは兄弟でありながら、仲のあまりよろしくない尾張大納言家か。いや、ここは、今までのつながりを無にするべきではない」

主馬が立ちあがった。

「出かける。駕籠を用意いたせ」

常着から主馬は裃《かみしも》へと着替えた。

夜の江戸へと駕籠を出した主馬は、堀田備中守正俊の屋敷へと向かった。

暮れ六つ（午後六時ごろ）を過ぎても麻布《あざぶ》にある堀田備中守の下屋敷は人の往来で賑《にぎ》わっていた。

堀田備中守が奏者番となってから、急に来客は増えていた。奏者番自体にさしたる権はない。が、出世の第一段階であり、すべての大名旗本の経歴を覚えなければならないほどの難職である奏者番を無事こなせれば、その先の出世は保証されたも同然であったからだ。早いうちによしみを通じ、先々でいい思いをさせてもらおうとする旗本大名、商人が列をなして、堀田備中守との面談を望んでいた。

一刻（約二時間）以上待たされて、ようやく主馬は堀田備中守の居室へ通された。

「これは、主馬どのではないか。ずいぶん待たせたようだの。貴殿が来ていると知っていれば、他の客を後回しにしたものを」

出迎えた堀田備中守が、大仰な歓迎を見せた。

「おそれいりまする」

主馬は恐縮した。

「で、今宵《こよい》はどうなされた。先日より頼まれているお役目のことならば、今少し猶予を願いたい。そう、今朝《けさ》もお話ししたと思うが」

嫌みを感じさせない口調で、堀田備中守が首をかしげた。

「そのことではございませぬ。愚弟のことでお耳に入れておきたきことがございまして」

「主馬どのの弟御どののといえば、お小納戸役の深室賢治郎どのであったな」

奏者番として、任命をおこなったのは堀田備中守であった。

「よくご存じで。その賢治郎が、紀州大納言さまのことを調べておりまする」

「紀州大納言さま……はて、どのようなかかわりが……」

堀田備中守が怪訝《けげん》な顔をした。

「かかわりなどあろうはずもございませぬ」

「……ふむ」

すっと堀田備中守の目が細くなった。

「お小納戸とは、上様のお側に仕えるもの。いろいろなお話をすることもござる。また、上様より頼みごとをお受けすることもござろう」

「さすが」

すぐに気づいた堀田備中守へ、主馬が感嘆した。

「いや、これは貴重なお話を聞かせていただいた。感謝いたしますぞ。奏者番というのは、どのようなことでも知っておかねばならぬお役目でござれば。噂《うわさ》でも助かりまする」

堀田備中守が、主馬の話を噂と落とした。

「いえいえ。お役に立ちますれば」

主馬も文句をつけなかった。

「この御礼は後日」

「では、ごめんくださいませ」

帰れとの意味を汲《く》んだ主馬が、立ちあがった。

「そうそう。今後は貴殿がお見えになれば、どのようなときであれ、真っ先にお通しするよう、家臣どもに命じておきますゆえ、いつなりとお訪ねくだされ」

「かたじけなきお言葉。おもしろい噂を耳にいたしましたなれば、きっと」

主馬が応えた。

三

非番の朝、作右衛門を見送った賢治郎は、出かける用意をしていた。

「またお出かけでございまするか」

居室の障子を開いて三弥が顔を出した。

「所用で出て参りまする」

歳下《としした》とはいえ、三弥は家付き娘である。婿養子の賢治郎はていねいに答えた。

「ご当番でない日も、ここのところずっとお出かけのようでございまするが、どちらへお見えなのでございましょう」

三弥がきつい口調で尋ねた。

「お役目にかかわることとなれば、お話しするわけには参りませぬ」

賢治郎が拒んだ。

「夫婦のあいだに隠しごとはよろしくございませぬ」

「まだわたくしと三弥どのは、祝言《しゅうげん》をかわしておりませぬが」

「そ、それは……」

切り返されて三弥が詰まった。

「では、出て参りまする」

剣でいうところの隙《すき》である。賢治郎はあっさりと三弥を置き去りにした。

旗本の表門は、当主の出入り、もしくは来客を迎えるとき以外、閉じられる。賢治郎も役付の旗本であるが、主人ではなく部屋住みの身分でしかない。出入りは表門の脇、潜《くぐ》り門《もん》でおこなわねばならなかった。

潜り門が小さく設計されているには理由がある。悪意を持って入りこもうとするものへ対応を考えて作ってあった。幅が狭く一人しか通れないのは、大軍を阻害し、頭をかがめなければならぬほど低いのは、侵入者を撃退するに適していた。

これは門を出る者にも同じであった。

背の高い賢治郎は潜り門を通るに、大きく腰をかがめなければならない。

「いってらっしゃいませ」

門番に送られながら、賢治郎は屋敷を出た。

「会えるか」

賢治郎は、つぶやいた。

駿河台は旗本と小大名の屋敷が混在していた。町屋の少ない明らかな武家町である。登城のころあいを過ぎると人の数は少なくなる。

静かな町を歩きながらも、賢治郎は逡巡《しゅんじゅん》していた。

「ほかに手立てはないか」

賢治郎は独りごちた。

「上様の思惑をくずすことになるのでは……」

決断することができぬまま、賢治郎は目的地に着いた。

「…………」

深室家は当然、実家の松平家さえ、相手にならぬ巨大な門が目の前にそびえていた。

賢治郎は麴町《こうじまち》五丁目にある紀州徳川家五十五万石の上屋敷の表門の前に立っていた。

「なにか用か」

動きを止めた賢治郎へ、門番足軽が誰何《すいか》の声をかけてきた。

「…………」

賢治郎は返答ができなかった。賢治郎は直接頼宣に会って、発言の意図を聞こうと考えていたのだが、屋敷を見ただけでわかる格の差に萎縮《いしゅく》していた。

「怪しい奴《やつ》だ」

門番足軽が手にしていた六尺棒の先を賢治郎へ向けた。

「しばらく」

あわてて賢治郎は手をあげて、制した。

「名乗れ」

近づくことは止めたが、警戒心は解かず、門番足軽が詰問《きつもん》した。

「お小納戸深室賢治郎にござる」

「……お、お小納戸さま」

名乗りを聞いた門番足軽が絶句した。

紀州徳川家は御三家であるが、その家臣たちは陪臣でしかない。旗本である賢治郎より一段身分は低いのだ。

「とんだご無礼を」

あわてて門番足軽が詫びた。

「いや、こちらが悪いのだ。貴殿らはお役目をはたされただけ。お気になさるな」

賢治郎は手を振った。

「ところで、ご当主大納言さまは、おられようか」

こうなったのも一つの流れかと、賢治郎は肚《はら》をくった。

「在しておられるが、御用でござるか」

ふたたび門番足軽が、警戒し始めた。

「先触れもなしでご無礼は承知の上でござる。お目通りを願いたい」

賢治郎は用件を述べた。

「問うては見ますが、ご期待には添えぬやも知れませぬぞ」

門番足軽が、あきらめたほうがいいと暗に言った。

「お頼み申す」

頼宣は国入りの挨拶を家綱にしている。おそらく数日中には江戸を発《た》ち、和歌山へと帰国してしまう。こうなれば、少なくとも一年は会うことはできなくなる。

「こちらで」

門前で旗本を待たせるわけにはいかないと、門番足軽は屋敷のなかへ賢治郎を通した。

「客待ちというわけにも参りませず、許しなく屋敷へお通しすることもできませぬ。もうしわけございませぬが……」

「うむ。お庭を拝見しておりまする」

首肯して賢治郎は見事な庭へと目を移した。

お庭拝見は、武家の間でけっこうおこなわれていた。松の枝振りが気に入ったので間近で見せてもらいたいとか、貴殿の庭にけっこうな桜が咲いておると耳にいたしましたので、是非とか、という願いはどこでもあった。願われたほうも、よほど何かないかぎり応じるのが普通であった。なかには自慢の庭をほめてもらおうと、座敷にあげて酒食を供する家もあった。

「お小納戸が来たというか」

屋敷の奥でくつろいでいた頼宣が、小さく笑った。

「肚が据わっているのか、ただの馬鹿か。会おう。庭におるのか。ならば、ちょうどよい。座敷に通しては、あとあと文句が出るやも知れぬでな。四阿《あずまや》へ案内しておけ」

頼宣が命じた。

広大な庭を見ていた賢治郎のもとへ、若い藩士が近づいてきた。

「どうぞ、こちらへ」

藩士はそれだけ言うと、先に立って歩き始めた。

「お手数をおかけいたしまする」

賢治郎は礼を言って、後に続いた。

とても屋敷のなかとは思えない広壮な庭には、池というのにふさわしいだけの泉水があり、登るに息が弾むほどの築山《つきやま》もあった。

築山を下りたところにある、赤い屋根の四阿へ藩士は賢治郎を案内した。

「こちらでしばしお待ちを」

「かたじけない」

さっさと背を向ける藩士に、賢治郎は一礼した。

それほど待つことなく、人の気配が近づいてきた。

「…………」

賢治郎は顔を見る前に、四阿の外で片膝を突いた。

「深室とは、そなたか」

三間（約五・四メートル）ほど手前で立ち止まった壮年としか見えない立派な身形の武家が訊いた。

「はっ。深室賢治郎にございまする」

目を伏せながら、賢治郎は応えた。

「大納言頼宣である」

武家が宣した。

「ここで控えておれ」

付いてきた家臣たちに、頼宣が命じた。

「それは……」

家臣たちがざわついた。

「万一のことがございましては」

もっとも年嵩《としかさ》の家臣が、危惧《きぐ》を表した。

「こやつが刺客だと申すか。長門《ながと》」

おもしろそうに頼宣が言った。

「お国入りのお許しが出た直後でございまする。誰がなにを企《たくら》むやらわかりませぬ」

「長門……」

出てきた名前に賢治郎は思い当たった。頼宣の母お万の方の兄が、紀州家につけられ、三浦志摩守《みうらしまのかみ》の名乗りとともに家老となっていた。もちろん、すでに志摩守は死去している。年齢からその息子であろうと賢治郎は推測した。

「伊豆がそのようなまねをするとでも言いたいのか」

頼宣があきれた。

「あやつは、そこまで愚かではない」

「しかし……」

三浦長門守《ながとのかみ》は納得しなかった。

「国元へ殿を返しては、西国《さいごく》の大名どもを糾合《きゅうごう》してと考えてもおかしくはございませぬ」

「……………」

聞いた賢治郎は、ありえると納得した。

最後の戦国大名、家康が己の跡を任せた息子、頼宣の評判は諸大名のなかでも高かった。旗本のなかにも頼宣を将軍にいただき、島津や毛利、伊達《だて》といった外様の大大名を討伐、天下から謀反《むほん》の芽を摘むべきだと考えるものもいた。

「余が謀反をおこすと……」

大きく頼宣が笑った。

「国入りの振りをして京へ上り、そのまま天子《てんし》さまを戴《いただ》いて、西国を糾合するのではないかとの噂も出ているやに聞き及びまする。幕府が疑いを持って当然かと」

三浦長門守が、忠告した。

「大坂城を奪い、瀬田《せた》の唐橋《からはし》を落とせば、どうにかなる。そう考えておるならば、愚かとしか言いようがないの。その噂を流した者は」

頼宣が嘆息した。

「ご無礼ながら……」

好奇心を抑えられなくなった賢治郎は、顔をあげた。

「そなたも、この噂を信じておるのか」

期待はずれとばかりに、頼宣が落胆の色をあらわにした。

「なされぬと確信しておりまする」

「ほう。ではなにが訊きたい」

頼宣の目つきが変わった。

問われた賢治郎は、ちらと三浦長門守たちへ目をやった。

「なかで話をいたそうぞ。年寄りに立ったままはつらい。そなたらは、そこで待っておれ」

「殿」

三浦長門守が、あわてた。

「うるさいやつよな。今ここで余が討たれたとしても、紀州はつぶれぬ。余は急病を発して伏せり、三日後に死んだと発表され、家は無事に光貞が継ぐ。神君が作られた御三家を、潰すだけの度胸など、今の執政どもにはない。神君の息子を裁くことができるのは、神君だけよ。直系の息子で潰された家は、すべて、神君のお手による。兄秀忠でさえ、手出しができなかった御三家ぞ」

自信を持って頼宣が告げた。

「なれど……」

「しつこいぞ」

まだ言いつのる三浦長門守を、頼宣が怒った。

「伊豆が余の命を断とう思っておるなら、十年前にやっておるわ。伊豆は小物であるが、愚かではない。余を殺すことが幕府にどういう影響を及ぼすか、よくわかっておる」

「…………」

諭された三浦長門守が黙った。

「それに、余がこの者に殺されたとなれば、幕府は紀州家に負い目をおうこととなる。そこらの馬鹿どもならば、余を殺すことで排除しようと考えるだろうがな」

意外なことに頼宣は、松平伊豆守のことを買っていた。

「幕府も三代、いや、四代を重ねると、いざというとき本家に代わって将軍となる分家など疎《うと》ましいだけよ。御三家はなにせ正統なのだからな。神君家康公の御遺言にもある。本家に人なきときは、御三家からふさわしき者を選び、将軍とすべし。こう家康公は述べられた。神君のお言葉には、将軍といえども逆らえぬ」

「…………」

頼宣の話に賢治郎は引きこまれた。

「わかるか、深室」

不意に頼宣が語りかけた。

「神君家康公の御遺言はな、御三家に謀反ご免のお許しを与えたのだ」

「えっ」

「なんと」

賢治郎だけでなく、三浦長門守たちも絶句した。

「少しは考えろ」

あきれた口調で頼宣が叱った。

「神君家康公は、本家に人なきときは、なり代わって将軍を出せとの御遺言を残された」

「それは将軍に跡継ぎがおられぬ場合でございましょう」

旗本として黙ってられないと、賢治郎は口を出した。

「松平伊豆守に二枚方劣るな、そなたは」

頼宣が賢治郎を酷評した。

「人なきときの意味を把握せぬか。跡取りがいないとの意とともに、ふさわしい者がいない場合も含んでおるのだ」

「ふさわしい者がいない……」

「そうよ。本家に生まれたというだけの無能では、幕府を保てまい。そのときには、御三家が代わって大統《たいとう》を継げと、家康さまは仰せられた。そして、将軍がその名にふさわしいかどうかを決めるのは、我ら御三家なのだ」

きっぱりと頼宣が告げた。

「上様に将軍の御資質がかけるとでも」

賢治郎は、刀の柄《つか》に手をかけた。

「無礼者」

三浦長門守が、賢治郎を怒鳴りつけた。

「静まれ、長門」

激昂《げっこう》する三浦長門守を頼宣が抑えた。

「と思っておった。だが、それは余の目が届いてはおらなかった」

頼宣が首を振った。

「松平伊豆守ではなく、そなたをよこされたからな。上様は、将軍たるお方じゃ」

「……はあ」

家綱をほめられた賢治郎は殺気を霧散させるしかなかった。

「ついてこい」

先に立って頼宣が、四阿へ入った。

「ご免くださいませ」

続いて四阿へ足を踏み入れかけた賢治郎は、腰の太刀と脇差を抜いて、その場へ置いた。

「………」

見ていた三浦長門守が、ほっとした顔を見せた。

「なかなか気が回るな」

腰掛けて待っていた頼宣が、満足そうにうなずいた。

「まずは、そなたと上様のかかわりを聞こう」

「わたくしは……」

頼宣に言われて、賢治郎は経緯《いきさつ》を語った。

「お鬘番か。なるほどな。命を預けているにひとしいな。上様もなかなかおもしろいことをお考えになる」

ほほえましそうに、頼宣が頬《ほお》を緩《ゆる》めた。

「大納言さま」

賢治郎は急《せ》かした。

「性急な態度は、相手に弱みを見せると同義ぞ」

頼宣がたしなめた。

「若いだけにわからぬやも知れぬがの。若いときほど動く前にときをかけよ。歳をとれば、いやでも急がねばならなくなるゆえな。残された日々の少なさに気づいたときの、焦燥感《しょうそうかん》は嫌なものだ」

「申しわけございませぬ」

教えられて賢治郎は詫びた。

「まあ、それも若いおりにだけ、許される失敗でもある」

懐かしむように頼宣は目を閉じた。

「いかぬな。つい、昔を思い出してしまう」

頼宣が苦笑した。

「さて、余の言葉の真意を問うてこいと、上様より命じられたのだな」

「いえ。上様は、紀州大納言さまのことを調べて参れとだけ」

「ほお」

正直に言う賢治郎へ、頼宣は目を細めた。

「ここへ来たのは、そなたの独断か」

「はい。調べてわからぬならば、ご本人に伺えばいいと」

「たしかにな」

大きく頼宣が首肯した。

「悪いが、真意は明かせぬ。なに、嫌がらせで申しておるのではないぞ。徳川の先達の一人として、いや、直接神君家の血を引く最後の者として、上様を天晴《あっぱ》れ名君と讃《たた》えられるお方となす試練とさせていただきたい」

「上様へ試練とは、無礼でござろう」

賢治郎は、弾劾《だんがい》した。

「家康さまの寵愛を誰よりもうけた余の恨みと思ってくれればいい。城も領土も、家臣たちも、家康さまはすべてを余へ譲ってくださった。ただ一つ、将軍位だけを除いて……」

表情をゆがませて頼宣が述べた。

「同じ息子でありながら、先に生まれただけで天下を譲られ、余はたった五十五万石。戦をさせれば、まちがいなく余が勝つのに……ずっとこう思っておった。しかし、天下は固まり、戦も終わった。家臣も領民どももも、泰平を謳歌《おうか》しておる。このようなときに、一人天下が欲しいといって、軍を起こしてどうなる。子供ではないのだぞ。欲しいから奪うでは、人の上に立つことなどできぬ。はっきり宣するが、余は天下をあきらめた」

「……はあ」

淡々という頼宣に、賢治郎は唖然《あぜん》としていた。

「よいか、天下をあきらめたのだぞ。いわば、この世のすべてを捨てたにひとしい。なれば、少しくらい意地の悪いまねをしてもよいとは思わぬか」

ふいに頼宣の表情が変わった。

「意地の悪いでございまするか」

賢治郎は反応のしようがなかった。

「そうじゃ。上様が天下人《てんかびと》にふさわしいお方かどうか、余の忠誠を受けていただくにたりるお方か」

「上様を試されると」

「怒るなよ。老人の楽しみだと思え」

笑いながら頼宣が言った。

「しかし……」

「堅いだけでは、上様を守れぬぞ。余はあきらめたが、他の連中はどうだ。尾張、水戸もおそらく、天下にはもう手出しをするまい。だが、上様には、弟御が二人ある。あのお二人が、かつての余と同じ思いをしておらぬと、いえるか」

「それは……」

真剣な頼宣の瞳《ひとみ》に、賢治郎は否定の言葉を出せなかった。

「ときには、敵の血でさえ飲みこむくらいでなくば、上様を支えることは難しい。それができぬというなら、さっさと役目を退いて、屋敷で亀のように息を潜めておれ。さすれば、少なくとも家名は残る」

きびしく頼宣が賢治郎へ述べた。

「上様のためならば、この命も惜しくはございませぬ」

賢治郎ははっきりと告げた。

「そうか。上様はよい家臣をもたれた。が、そなたは馬鹿よ。ときの流れが見えぬのだからな。だが、余は、小賢《こざか》しいよりも愚直を好む」

頼宣が賢治郎を招いた。

「もう少し近づけ」

膝を突いたままで、賢治郎はすり寄った。

「今日ここに来たことへの褒美じゃ。一つだけ教えてやろう」

「お願いいたしまする」

賢治郎は頼宣を見あげた。

「春日局を調べるがいい」

「……春日局」

若い賢治郎でも、その名前は知っていた。

「これ以上は己たちで探せ。神君家康公が天下を手にするために払われた苦労と比べれば、なんということはなかろう」

話は終わったと頼宣は立ちあがった。

「余は国入りをする。参勤交代とはいえ、禁足が解けたばかりだ。一年経たずに江戸へ戻ることになろう。また来るがいい」

「はっ」

賢治郎は頭を下げた。

「長門」

「これに」

外で待っていた三浦長門守が、四阿の入り口まで来た。

「この者に屋敷の出入りを許す。奥以外ならば、どこへでも入れてやれ」

「承知いたしましてございまする」

三浦長門守が受けた。

「大納言さま」

「紀州には、駿府お分けものをはじめとする貴重な書物がある。きっと、そなたの役に立つであろう」

「かたじけなく」

深く賢治郎は平伏した。

藩士に連れられて去っていく賢治郎を見ながら、頼宣が三浦長門守に話しかけた。

「本家の血筋は、いずれ絶えよう。厚く保護された血は、もろくなる。鎌倉《かまくら》の源氏、京の足利《あしかが》を見てもわかる。それは人としての宿命なのだ。そのとき、将軍を継ぐは、余の系統でなければならぬ。尾張、水戸ではなくな」

「はっ」

うやうやしく三浦長門守が礼をした。

「余が将軍となることはあきらめた。だが、吾が血が将軍を継ぐことを捨てたわけではない。そのためには、本家に波風が立ってくれねば困る」

頼宣が笑った。

「ううむ。少し冷えて参ったな。そろそろ夏も終わりか」

小さく震えた頼宣が、屋敷へと歩き始めた。

四

紀州家に寄ったことで、賢治郎の非番の一日は潰れた。

「上様に、儂《わし》のことを話したか」

夕餉《ゆうげ》の席で作右衛門が問うた。

「いえ。お髷番は、お役目中言葉を発しませぬ。上様の頭に息がかかっては無礼となりますので」

小さな声で賢治郎は答えた。

「それでは、小納戸役になった意味がないではないか」

作右衛門が憤慨した。

「決まりでございますれば」

感情をこめず、賢治郎は述べた。

「いかぬな。なんとかしてそなたをお髷番から、御膳番などへ移していただくようにいたさねば」

食事の手を止めて、作右衛門が悩み出した。

「ご老中さまへ申しあげることはできぬ。ならば、お広敷《ひろしき》番頭どのか、お小納戸頭取どのか……」

作右衛門がつぶやいた。

「馳走でありました」

気にせず黙々と夕餉を賢治郎は片付けた。

「明日はお役目がございまする。早うございますので、お先にやすませていただきまする」

まだ思案している作右衛門へ一礼して、賢治郎は自室へと戻った。

自室にはすでに夜具の用意がされていた。

灯籠《とうろう》に使う油は高い。よほど大身《たいしん》の武家か、裕福な商家でないかぎり、有明《ありあけ》の灯《ひ》を一夜中つけっぱなしにすることはない。

賢治郎は有明の灯を落として、夜具に身を横たえた。

「…………」

しばらくして賢治郎の部屋を外からうかがう気配がした。

「…………」

賢治郎は気配の相手が三弥だとわかっていた。ときどき、三弥はこうやって賢治郎の部屋の外まで来て、声をかけることもなく、小半刻たらずで去っていく。

今宵もいつもより少しだけ長かったが、結局なにもせず、三弥の気配は消えた。

「どうして欲しいのだ」

言葉にしてもらわぬことには、賢治郎に三弥の意図はくめない。

「剣ならば、相手の動きが読めるものを。男女とはこれほど見えぬものなのか」

普段と、忍んでいるとき、三弥の雰囲気の違いに、賢治郎は戸惑っていた。

「いかぬ。お役目中にあくびでも出ては」

賢治郎は、あわてて気持ちを切り替え、睡眠へと意識を落とした。


お髷番として家綱の後ろに賢治郎が立った。

「では、上様。御用がございますれば、声をおかけくださいませ」

小姓組頭が、一同を引き連れて御座の間を出て行った。

「ご無礼つかまつりまする」

賢治郎は、鋏《はさみ》で家綱の元結いを切った。

将軍の髪は、毎晩湯殿係の小姓によって洗われ、水気を取った後、仮の元結いでくくられる。

油気を失った家綱の髪が、音を立てて拡がった。

「お剃刀あてさせていただきまする」

急に動かれては危ないので、必ず剃刀を使う前には声をかけるのが決まりであった。

「賢治郎」

「はっ」

剃刀で小刻みに頭頂を剃りながら、賢治郎は応えた。

「なにかわかったか」

家綱が問うた。

調査を命じられてまだ二日である。賢治郎は家綱の焦《あせ》りを初めて感じた。

「紀州大納言さまへお目通りを願いました」

「なんだと」

不意に家綱が振り返った。

「上様。危のうございまする」

思わず剃刀で家綱の頭を切るところだった賢治郎は、身分を忘れてたしなめた。

「ああ、そうであった。すまぬ」

家綱が申しわけなさそうに言った。

「そんなことはどうでもよい。大納言に会ったのか」

一瞬で家綱はもとへ戻った。

「お目通りをいただきましてございまする」

賢治郎は昨日のことを語った。

「まことか。まことに、大納言は将軍をあきらめたと申したのか。たしかなのだな」

「はい」

しつこいくらいに、家綱が確認した。

「そうか」

あからさまにわかるほど、家綱の肩から力が抜けた。

「上様……」

「気遣わずともよい。なに、一つ気苦労が去っただけよ」

家綱が、もとの体勢へと戻った。賢治郎もお髷番の役目へを果たすべく、ふたたび剃刀を構えた。

「で、大納言はなんと答えた」

頼宣が将軍をあきらめたというところで、家綱が口を挟んだのだ。途中で止められた話を賢治郎はやり直した。

「春日局だと」

家綱が首をかしげた。

春日局は家綱の父家光の乳母であった。大奥を創始した人物でもあり、朝廷から従二位という大臣並の位を下賜されたほど、幕府での権は強かった。

「躬も春日局のことは覚えておる。もっともうろ覚えだがな」

髪の毛をゆだねながら家綱が話した。

「春日局が死んだとき、躬はまだ三歳であった」

寛永《かんえい》十八年（一六四一）生まれの家綱が、三歳の寛永二十年（一六四三）九月十四日、春日局はこの世を去っていた。

「父家光公はまるで母のように慕っていた」

思い出すように家綱が語り始めた。

「実際、春日局が死んだ後の父は、抜け殻のようであった」

「…………」

耳では聞きながら、賢治郎は家綱の髷を整えていった。

「切りまする。お動きあそばさぬよう」

元結いを切って、賢治郎の任は終わった。

「しかし、春日局を調べよとは、どういうことなのだ」

「わかりませぬ」

まだ家綱は春日局を知っているが、賢治郎は姿を見たことさえないのだ。

「賢治郎。春日局のことを調べあげよ」

「承って候」

賢治郎は首肯した。とうとう家綱の弟二人、綱重《つなしげ》、綱吉《つなよし》を注意せよといった頼宣の言葉を、賢治郎は口にしなかった。


翌朝、江戸城から屋敷へ帰る途中、賢治郎は誰かに見られている感触を得た。

「どうかなされましたか」

挟箱《はさみばこ》をもった中間が、立ち止まった賢治郎へ問うた。

「先に戻っていてくれ。少し立ち寄るところができた」

「それはよろしゅうございまするが、お屋敷へ一度戻られてからではいけませぬので」

中間が訊いた。

「帰ってしまうと面倒になるゆえな。思いついたときにすませておきたい」

「お供をいたさずとも……」

「ああ。一人でいい。さしたることでもない。小半刻ほどで十分だ」

気遣いを賢治郎は断った。

「では、お早くお戻りくださいますように」

頭を下げて中間が、歩き出した。

しばらく中間の背中を見送った賢治郎は、踵《きびす》を返した。

江戸城の大手門その周辺には、譜代《ふだい》名門の大名屋敷が並んでいた。朝の登城どきというのもあって、多くの行列がひしめき、人通りでまっすぐ歩くことさえ難しいなかを、賢治郎は早足で抜けた。

「ここらであったはずだ」

気配は、酒井雅楽頭の上屋敷に感じられていた。

徳川家と祖を同じくする酒井家は、幕府でも格別な扱いをうけるだけあって、上屋敷も大きく、周囲の大名を圧倒していた。

「待っていたぞ」

人混みに紛《まぎ》れて、一人の武士が近づいてきた。

「きさまは……」

先日賢治郎を襲った男であった。

「呼び出したというわけか」

賢治郎は言った。もっとも賢治郎も誘いとわかって乗った。

「気づかなければどうしようかと思ったぞ」

武士が笑った。

「人を侮《あなど》るのもたいがいにせよ」

己よりも下だと言われたにひとしい。賢治郎は怒った。

「若い。若いな。このていどで怒るとは」

からかうように武士が述べた。

「遊びで呼んだというならば、他所《よそ》をあたってくれ」

賢治郎は警戒をしながら背を向けた。

「よいのか」

武家が確認した。

「深室が潰れるぞ」

「なにを……」

おもわず賢治郎は振り返った。

「ついてこい」

今度は武家が背を向けて歩き出した。

「どこへ行く気だ」

「…………」

武家はいっさいの返答を拒むように、急ぎ足で進んだ。

かなり歩いた武家が、一軒の屋敷の前で止まった。

「ここだ」

「なかでお待ちだ」

「お待ちだと。誰がだ」

武家の言葉を賢治郎は詰問した。

「しばらく黙れ」

きびしく武家が賢治郎へ命じた。

「なんだと」

怒る賢治郎を無視して、武家はさっさと潜り戸を通った。

「むうう」

賢治郎はうなった。

べつにここで帰っても問題はなかった。いや、戻るべきであった。怪しい人物に誘われて見も知らぬ屋敷へ入るなど、罠《わな》へはまるも同然である。

だが、賢治郎は踵を返さなかった。ここで帰れば、大きな糸口を見失うことになった。おそらく、二度と武家は賢治郎を招くことはない。

「虎穴《こけつ》に入《い》らずんば虎児を得ずか」

わずかな逡巡の後、賢治郎は潜り戸に近づいた。

「…………」

襲われるとしたら、まずここであった。賢治郎は息を整えて気配を探った。

「感じられぬ」

賢治郎は驚いた。

「おう」

脇差の柄に手をかけたまま、賢治郎は頭から潜り戸へ飛びこんだ。一回転して立ちあがり、周囲へ目をやるが、刺客の姿はなかった。

「なにをやっている」

少し離れたところで待っていた武家が、あきれた。

「おまえを殺すつもりならば、わざわざ連れてなど来ぬわ。お方《かた》さまがお目にかかると仰せられておるのだ。少なくとも、お方さまにお目通りするまでは、傷一つつけぬ。おまえにつけられた傷にかけてな」

冷たい笑いを武家が浮かべた。

「…………」

無言で賢治郎は立ちあがった。

「身形を整えよ。お方さまの前へ出る格好ではない」

武家にたしなめられた賢治郎は、身についた泥などを払った。

「よいか。決してご無礼のないようにいたせ。本来ならば、きさまごときが、お目通りかなうお方ではないのだからな」

庭へ回る前に、武家が念を押した。

「名乗りもせぬ者にはらう敬意などないわ」

賢治郎は言い返した。

「……まあいい。お目にかかれば、わかる」

一瞬殺気を放った武家だったが、すぐに納めた。

「お方さま、連れて参りました」

庭へと進んだ武家が、書院の前で膝を突いた。

「ご苦労でしたね、兵庫《ひょうご》」

書院のなかから涼やかな返答がした。

「はっ」

兵庫が深く頭を下げた。

「そなたが、家綱さまの子飼いの者か」

声をかけられて、賢治郎は書院へと目をやった。

「…………」

賢治郎は、息をのんだ。

生まれて初めてみるほどの美女が、座っていた。

「順性院《じゅんしょういん》じゃ、見知りおいてくりゃれ」

切り髪を肩のところでそろえた女性《にょしょう》が名乗った。

「三代将軍家光公のご側室……」

あわてて、賢治郎は跪《ひざまず》いた。

第三章　兄弟相剋

一

お昼近くなっても帰宅しない賢治郎に、深室家が慌ただしくなった。

「清太、賢治郎どのは、どこへ行かれた」

三弥が荷物だけを持って帰ってきた中間に、何度も同じことを問うていた。

「少し寄るところができたとだけ……」

泣きそうな顔で清太は、何度目かわからない答えを返した。

「武兵衛《ぶへい》」

用人を三弥が呼んだ。

「はっ」

三代にわたって深室家に仕えた用人武兵衛が、応じた。

「人を出して、捜しなさい」

「それはよろしゅうございまするが」

武兵衛が口ごもった。

六百石の旗本は、幕府の定めた軍令で、侍二人、足軽一人、鎧櫃《よろいびつ》持《も》ち、槍持ち、馬のくつわ持ち、小荷駄《こにだ》一人を抱えなければならなかった。他に雑用する中間、小者《こもの》、女中などを合わせると、深室家には、十三人の使用人がいた。

「人が足りませぬ」

江戸は広すぎた。

「なにより、あまり大仰に騒いで、隣近所へ聞こえては、かえってよろしくないかと」

三弥をなだめるように、武兵衛が言った。

「……それは」

ぐっと三弥も詰まった。

旗本の数は多いのに、役目は少ない。なんとか役を得て、上に認められ、出世したい者にとって、他家の醜聞ほどおいしいものはなかった。

「深室家でなにかあったようでございますな」

こう目付に囁《ささや》くだけですんだ。

何もなかったとしても、噂《うわさ》がたったというだけで、家中《かちゅう》取り締まり不備として、お役を退かなければならなくなることもあり得る。

「では、どうすればいいのじゃ」

三弥が武兵衛へ詰め寄った。

「数をかぎって、人を出し……」

武兵衛が答えかけたとき、潜《くぐ》り戸《と》を開いて、賢治郎は戻ってきた。

「若殿」

清太が駆け寄った。

「遅くなった」

潜り戸を抜け、曲げていた腰を伸ばした賢治郎は、己を見る一同の目に驚いた。

「なにかござったのか」

そのなかに三弥を見つけた賢治郎は尋ねた。

「なにをしておいでてでございましたのか」

三弥が声を張りあげた。

「清太に申しましたが、ちと所用を思い出しましたので、寄り道をいたしておりました」

　淡々と賢治郎は答えた。

「どこへなにをしに行かれたのかを問うておりまする」

　にらむように三弥が追及した。

「御用にかかわることならば、お話しするわけには参りませぬ。では、ごめん」

　賢治郎は、三弥の隣をすり抜けるようにして自室へと向かった。

　自室に入った賢治郎は、身につけていた衣服を常着へとかえた。

「順性院さまが出て来られるとは……」

　賢治郎は、大の字に寝転がった。

　家光の側室順性院は、京の町人の娘である。御台所関白鷹司信房《たかつかさのぶふさ》の娘中の丸について、江戸へ下向、家光の目にとまって側室となった。

　正保《しょうほう》元年（一六四四）、家光の三男長松《ちょうまつ》、後の甲府藩主徳川綱重を産んだ。家光の死後、剃髪《ていはつ》して順性院と名乗り、綱重の桜田御殿へ移った。

「我が子がおかわいいのはわかるが……」

　天井を見あげながら、賢治郎はさきほどの会見を思い出した。

「聞けば、そなたも家を出された口だそうじゃの」

順性院が、やわらかい口調で話し始めた。

「同じ父の血を引きながら、先に生まれたかどうかで、大きく待遇が変わる。これが正しい形であろうか」

「長子相続は、神君家康公のお定めになられた祖法でございまする」

問いかけるような順性院へ、賢治郎は応えた。

「二代将軍秀忠さまは御三男ぞ」

順性院が返した。

「それはご長男信康《のぶやす》さまが、すでにお亡くなりであったゆえに」

「次男秀康《ひでやす》さまはご健在であった」

「秀康さまは、他家をお継ぎであったため……」

将軍家の継承については、旗本の誰もが常識として教えられていた。

「秀康さまが養子に出られたとき、すでに信康さまはお亡くなりであったぞ」

「……………」

的確についてくる順性院に、賢治郎は反駁《はんばく》する材料を失った。

「わかっておろう。秀康さまは家康さまに嫌われておられた。容貌魁偉《ようぼうかいい》をもって、お目通りかなわずとされていたのを、信康さまが間に入られ、ようやく親子の名乗りを受けられたとか」

「………」

家康は秀康を嫌っていた。旗本なら知っている話であった。

「もっともかの神君家康さまが、好悪《こうお》だけで世継ぎを決められるはずございますまい。秀康さまは、将軍の器ではなかった。同様に忠長《ただなが》さまも」

忠長とは、二代将軍秀忠の三男である。幼少より利発とうたわれ、一時は家光に代わって三代将軍へなるであろうと考えられていたが、家康によって阻止された。紀州へ頼宣が転じた後、駿河五十五万石を与えられたが、のち家光に叛意《はんい》を抱《いだ》いたとの理由で、改易配流《はいる》となり、自刃《じじん》した。

「秀康さまは、瘡梅《そうばい》で早死、忠長さまは、身分をわきまえず切腹に追いこまれた。ともに、将軍たる資格がないことは明白。家康さまは、しっかりお見抜きであったのでございまする」

順性院の言葉は事実であった。

「長子相続など最初から崩れておりまする。神君家康さまがお破りになっておられるので。いや、長子相続は家光さまを将軍の座につけるための方便」

小首をかしげて順性院が訊いた。

「深室と申したかの。このままで幕府はよいと思うのか」

「どのようにお答えすべきか」

大きくなりすぎた話に賢治郎は戸惑った。

「家光さまが亡くなられるなり、不満を抱えた浪人たちが蜂起いたしたよな」

「蜂起とまで仰せられるのは、いかがかと存じまする」

賢治郎はたしなめた。

由井正雪らの計画は事前に漏れ、謀反《むほん》は阻止されている。

「だが、上様の代に代わられたとたん、世情に不穏《ふおん》が起こったことは否めますまい」

「それは……」

事実は事実として認めざるを得なかった。

「古来唐《もろこし》では、王にたらざる者が、その地位を襲ったとき、世は乱れると言い伝えておりまする」

「な、なにを」

「家綱さまは将軍におふさわしいお方でございましょうや」

「順性院さま、それは少しお言葉が過ぎましょう」

さすがに賢治郎も黙っていられなかった。

「徳川の天下は、盤石《ばんじゃく》ではございませぬぞ」

顔色を変えた賢治郎を気にもせず、順性院は続けた。

「島津、前田、伊達、毛利などの外様大名は、数十万石から百万石の領土を持ったまま健在でありまする。さらに、家康さまのお子様がたである御三家も……」

じっと順性院が賢治郎を見た。

「………」

賢治郎は息をのんだ。

すでに順性院は不惑に近い。しかし、家光を虜《とりこ》にした天下の美貌《びぼう》は、衰えを見せていなかった。

「綱重さまは、賢いお方ぞ。十四歳で四書五経を家臣の前で講義なされたほどじゃ。上様と比べてどうかの」

「上様は、天晴《あっぱ》れご名君にございまする」

強く賢治郎は述べた。

「家康さま、秀忠さま、家光さまの御代《みよ》にはなかった謀反。これは、上様のご資質によるものか、それとも、幕府の箍《たが》が緩んだのか」

「…………」

どちらを口にするわけにもいかず、賢治郎は沈黙した。

「どちらにせよ、今、幕府を立て直さねば、徳川の命運は尽きまするぞ」

順性院は静かに言った。

「ご免」

賢治郎は、聞いていられないと背を向けた。

「真の将軍に仕えてこその旗本。綱重さまに従うとあれば、万石《まんごく》を約してくれようほどに、よく考えや」

「お断りいたしまする」

はっきりと賢治郎は断った。

「よいのか、深室の当主に訊《き》かずとも」

じっと黙っていた兵庫が口を出した。

「なっ」

「そなたもわかっておろう。家というものは己一人のものではないということに。先祖が血であがなった俸禄《ほうろく》。それを子孫は受け継いでいかねばならぬ。そして、家には郎党どもへの責任もついて回る。婿養子に過ぎぬそなたが一存で決めてよいのか」

「……くっ」

兵庫の言いぶんは、賢治郎の痛いところを突いていた。

「きさまの決断で深室は大名になるか、潰《つぶ》されるか。家付き娘を苦界《くがい》に落とすことになっても、きさまは己の忠義を貫きとおすのか」

改易となった旗本の末路は悲惨であった。百姓のように田畑も持たず、商人のような才覚もない浪人では、その日生きていくことも難しい。日々の糧を得るために、先祖代々の宝を売る。だが、いずれものは尽きる。となれば、娘を吉原《よしわら》へ沈めるしかなくなった。

「…………」

賢治郎は立ちすくんだ。

「あまりいじめてやるな、兵庫」

順性院が止めた。

「いきなりであるからな。少しは猶予《ゆうよ》をやらねばの」

「よろしいのでございまするか、こやつ、伊豆守あたりに駆けこむやも知れませぬ」

懸念《けねん》を兵庫が見せた。

「気にするほどのことではなかろう」

ほほえみながら順性院が首を振った。

「一人が騒いだところで、綱重さまは家光さまのお子。家光さま大事の伊豆守が動くことはない。せいぜい、自重《じちょう》してくれと申してくるていど。いや、それならばよいが……」

順性院が賢治郎を見た。

「口封じをいたすやもの」

「たしかに。あの伊豆ならば、やりかねませぬ」

兵庫が同意した。

「三日くれてやろう。次の次の非番の日、ここまで返答をしに来るがいい」

よろしいかと兵庫が順性院を見あげた。

「うむ」

満足そうに順性院がうなずき、ようやく賢治郎は解放されたのであった。

「どうしたものか」

賢治郎はつぶやいた。

「吾を取りこむ利点は、ただ一つ」

順性院たちの思惑は、手に取るようにわかっていた。

将軍のすぐ側《そば》で刃物を使うことができるお髷番なればこそ、順性院たちは賢治郎を味方にしたいのだ。

「将軍殺しを引き受けるはずなどないとわかっているはずだ」

賢治郎が理解できないのは、そこであった。

将軍を殺しておいて、賢治郎が無事ですむはずはなかった。その場で殺されるか、捕らえられて、斬首《ざんしゅ》されるか。運良く江戸城から出ることができたとしても、津々浦々まで手配はまわる。逃げきることはまずできない。

いくら大名の身分を約束されていても、己が死んでしまっては、意味もない。なにより綱重が天下人となっても、将軍殺しを許すことはできない。いや、しない。幕府の根本である忠義を芯から崩壊させる行為をおこなった旗本を出世させることなどありえなかった。

「わかっていて、吾に声をかけた。しかも返事は、三日後でいいという」

三日後ならば、あと二回役目を果たすことになる。

「上様の耳へ、吾がいれることもわかっているはず」

二人の仲はいい。賢治郎と家綱の関係を見れば、今日のことをしゃべるなど当然である。

「それが目的か」

賢治郎はふとそう考えた。

「しかし、なぜ、そんな手間のかかることを……」

己は家綱の失脚を狙《ねら》ってますよと教えることになる。一つまちがえれば、順性院たちだけでなく、綱重までまきこむのだ。

「わからぬ」

思案に陥った賢治郎は、そのまま昼餉《ひるげ》も取らず、自室に籠《こ》もった。

普段と違う行動を取れば、しわ寄せが来る。

三弥から話を聞いた作右衛門が、夕餉の席できびしく賢治郎を糾弾した。

「なにをしていたのだ」

夕餉の箸《はし》を置いて、作右衛門が詰問《きつもん》した。

「御用のことで少し他行《たぎょう》をいたしましてございまする」

賢治郎はごまかした。

「……御用とは、上様のか」

「はい」

「どのようなことじゃ」

作右衛門が重ねて問うた。

「お許しなく、明かすことはできませぬ」

「深室家当主であり、留守居番のお役目を承《うけたまわ》った儂《わし》にもか。そなたの父であるのだぞ」

「申しわけございませぬが」

頑《かたく》なに賢治郎は拒んだ。

「ふうむ」

うつむいて作右衛門が思案に入った。

「……賢治郎」

少しして作右衛門が顔をあげた。

「そのお役目は、上様から直接命じられたものか」

「さようでございまする」

賢治郎は嘘《うそ》をついた。

たしかに家綱から春日局のことを調べるようにと言われてはいたが、順性院の一件とはまったく関係はなかった。

「そうか。そうか」

不意に作右衛門がうれしそうに首肯《しゅこう》した。

「上様から、密事をたくされるほどになったか」

「…………」

うかつな返答をするわけにもいかず、賢治郎は黙った。

「では、儂のことを上様へ言上《ごんじょう》してくれたのであろうな」

作右衛門が確認のように訊いてきた。

「残念ながら、上様よりお言葉を賜《たまわ》るだけで、こちらからお話し申しあげるということはできませぬ」

「なんじゃそれは……」

聞いた作右衛門が不満をあらわにした。

「お小納戸や小姓の慣例でございまする。上様よりご下問ないかぎり、こちらから話しかけてはならぬのが決まり」

賢治郎は述べた。

そこまで厳しいものではなかったが、目上へ先に声をかけるのは礼儀にかなっていないとされている。

「上様であらせられるからの」

不承不承作右衛門が理解した。

「なにより、おそれおおくて、言葉など出ませぬ」

小さく賢治郎は首を振った。

「そうであろうな」

作右衛門も納得した。

「わかった。今宵《こよい》はいいが、三弥をあまり怒らせるな」

「気をつけまする」

やっと賢治郎は、夕餉に入れた。

二

非番の一日、賢治郎は屋敷にいても思案にはまりこむだけで、意味がないと出かけることにした。

「またお出かけでございまするか」

玄関で張っていたかのように、三弥が声をかけた。

「少し」

軽く頭を下げて、賢治郎は三弥から逃げた。

初めて会ったときから賢治郎は三弥が苦手であった。三弥との見合いは二年前のことだ。表と奥の区別が厳格な寄合席旗本の家に育った賢治郎は、女と口をきいたことさえなかった。実家に女中はいたが、子息の世話は家士の仕事であり、まず触れあうことなどもなかった。また、奉公にあがっていた江戸城での区別はもっと厳しく、家綱が西の丸大奥へ入ってしまえば、お気に入りのお花畑番であろうとも入ることはできなかった。

いえば女など見たことはあっても、話した経験のない賢治郎が、いきなり妻となる三弥と会わされたのだ。会話が成立することはなかった。また、端《はな》から三弥は賢治郎のことをあまり好まなかったようで、打ち解けようとはしなかった。

「女はわからぬ」

賢治郎は首を振った。

三弥と比べることができないほど、順性院も得体《えたい》が知れなかった。

「わが子を将軍にと思うのはわかる」

父親と違い母親というものは、命をかけて子の幸せを願う。事実、賢治郎の母は、蒲柳《ほりゅう》の性質《たち》でありながら、無理をして出産した。おかげで、体調を崩し、若くして死ぬことになったが、母は生きている間中、賢治郎をほほえみながら見守っていた。

「わからぬ。わからぬ」

頭が熱くなった賢治郎は、足を寛永寺《かんえいじ》へと向けた。

東叡山《とうえいざん》寛永寺は、三代将軍家光が、天海《てんかい》大僧正のために建立《こんりゅう》した徳川家の祈願寺である。三十万坪とも言われる敷地、寺領一万石、末院三十近くを誇る大寺院のなかへ、賢治郎は入っていった。

「ごめん」

賢治郎は、そのまま寛永寺を通り抜け、下谷坂本町《したやさかもとちょう》の善養寺《ぜんようじ》の門を潜った。

「どおれ」

なかから上背《うわぜい》のある僧侶が出てきた。

「賢治郎ではないか」

僧侶が賢治郎に気づいた。

「ご無沙汰《ぶさた》をいたしております」

「少し痩《や》せたか」

眉をしかめて僧侶が問うた。

「お役目に就いたばかりで……」

「気苦労か。相変わらずな」

僧侶が苦笑した。

「巌海和尚《がんかいおしょう》はお変わりなく」

「なにも変わらぬからの。朝起きて、念仏を唱え、飯を喰《く》って、寝る。ものを作らず、田を耕さずの生活は、一喜一憂することさえない」

あっけらかんと巌海が述べた。

「比して武家は大変じゃな」

「巌海和尚も、もとはお旗本でございましょうに」

「三男なんぞ、旗本でもないわ。ただの厄介者《やっかいもの》。その証拠にさっさと寺へほうりこまれた。もっともそのおかげで、毎日の飯を心配せずともすんでおるがな」

大きく口を開けて巌海が笑った。

「うらやましく思いまする」

賢治郎は、嘆息した。

「……暴れたくなったか」

すっと巌海の口調が変わった。

「お相手願えませぬか」

「用意をいたしておくゆえ、まずはご本尊へ手を合わせて参れ」

巌海が背を向けた。

寛永寺の末寺となっているが、善養寺の歴史は古い。慈覚大師《じかくだいし》によって開基されたのは、天長《てんちょう》年間までさかのぼる。本尊は、慈覚大師手ずから作成した薬師如来《やくしにょらい》で、霊験あらたかとして知られ、参拝客も多い。

賢治郎は一度外へ出ると、敷地内の井戸で手を洗い、すすぎをして身を清め、あらためて本堂へとあがり、薬師如来の前で額《ぬか》づいた。

「薬師如来さまが、お治しくださるのは身体の病《やまい》のみならず。心に貯まりし澱《おり》をもお祓《はら》いくださる。心を無にし、すべてをゆだねよ」

巌海が賢治郎の背後に立った。

「…………」

「人は悩むもの。何一つ迷うことがなくなれば、それは人にあらず。仏なり。悩め、迷え。それが人の性《さが》なり」

「かたじけなく」

短い説法に賢治郎は感謝した。

「では、始めようか。ご本尊さまの前で、吐き出せ」

巌海が賢治郎に木刀を渡した。

「お借りいたしまする」

定寸《じょうすん》より短い木刀は、小太刀《こだち》を模したものである。

「来い」

修行僧が使う杖《つえ》を巌海は構えた。

杖は、六尺（約一・八メートル）の棒である。よく乾かした樫《かし》の木を材料とし、打ち合えば、刀をたたき折るほどの堅さを持っていた。

六尺の杖と二尺（約六十センチメートル）に満たない小太刀では、間合いが違う。

賢治郎は、擦《す》るように足を出して、巌海へと近づいた。

「不用意なり」

巌海の杖が、大きく回転して賢治郎の臑《すね》を襲った。

「……はっ」

軽く跳んで賢治郎はかわした。

「ほっ」

かわされた杖をそのまま撥《は》ねあげて、巌海が賢治郎の股間《こかん》を狙《ねら》った。

「…………」

　無言で賢治郎は走った。

　六尺と二尺、その差四尺（約一・二メートル）を突破しなければ、賢治郎の小太刀は巌海に届かない。

「しゃあ」

　杖を巌海が手元に戻した。

　刃がついていないだけで、杖は槍の動きもできた。

「りゃりゃりゃ」

　巌海は繰りこんだ杖を、槍のように突き出した。

「なんの」

　賢治郎は左へ半歩動いて、避《よ》けた。

「甘い」

　突き出した杖を、巌海が水平に薙《な》いだ。

「くっ」

　腰の高さで迫る杖を、賢治郎は小太刀で受けた。

「足を止めたな」

杖で押しながら巌海が述べた。

「…………」

賢治郎は無言で圧力に耐えた。

小太刀の神髄は、疾《はや》さにあった。相手の懐《ふところ》深くへ入りこみ、短く軽い刀身を小刻みに遣《つか》い、急所へ的確な一撃を与える。その小太刀の勢いを止められてしまった。

「えい」

無理に賢治郎は杖を外《はず》そうと、小太刀をあげた。

「愚かなり、賢治郎」

しかりつけるような気合いを出して、巌海が杖で小太刀を巻きこんだ。

「あっ」

焦った分握りが弱くなっていた。小太刀が賢治郎の手から離れて飛んだ。

「えいっ」

無手になった賢治郎の右肩へ、巌海が杖を当てた。

「……つっ」

痛みに賢治郎はうめいた。

「参りましてございまする」

賢治郎は、痛む肩を押さえたくなるのを、我慢して頭《こうべ》を垂れた。

「急ぎすぎじゃ。小太刀はたしかに早くなければならぬ。だが、一人で素振りをしているならばともかく、試合ならば、相手にあわさねばの」

静かに巌海が諭《さと》した。

「はい」

「もう一本来るか」

「お願い申しあげまする」

賢治郎は小太刀を拾った。

「参れ」

巌海が杖を構えた。

半刻《はんとき》（約一時間）ほど打合いを重ねた賢治郎は、巌海の終了の声を聞く前に、膝を突いた。

「ありがとうございました」

荒い息でかろうじて礼を述べた賢治郎は、そのまま本堂の床に転がった。

「無駄な動きが多すぎる。心が落ち着いておらぬゆえ無理もないが、これでは、真剣の戦いで生き残れぬぞ」

軽く息を乱しただけの巌海が注意した。

「やれやれ、巌路坊も無責任なことよ。弟子に技だけ教えて肚を学ばさぬとは……」

巌海は賢治郎の剣の師である巌路坊と学僧として同門であった。もちろん賢治郎のことも巌海はよく知っていた。

「こ、心いたしまする」

賢治郎は息を整えて、座った。

「お役目に就いたそうだの」

目の前に腰を下ろした巌海が問うた。

「はい。御小納戸役を仰せつかりましてございまする」

「御小納戸か。初任としては異例だな」

賢治郎よりも二回り歳上の巌海は、三百石取りの旗本児玉《こだま》家の出である。幕府の役職についても詳しかった。

将軍の身のまわりの世話を役目とする小納戸は、本来世事にたけた壮年の旗本が任じられることが多かった。

「上様と幼なじみだからだろうが……気詰まりか」

巌海が尋ねた。

「いえ。上様のお側に仕えることは、誇りでございまする」

賢治郎は首を振った。

「たしかに、名誉だろうが、潰れてしまっては意味がない」

嘆息しながら巌海が言った。

「おぬしを側にというのは、上様のご采配か」

「のように伺いましてございまする」

「そうか」

ゆっくりと巌海は立ちあがった。

「少し座禅を組んでいけ。迷いを払おうとするな。無念無想など気にするな。思案を重ねるがいい。誰がなにを言うとも、結局決めるのは、おぬしなのだ。婿養子に出されたと思うか、跡継ぎとして迎えられたと考えるか。ものの見方は一面だけではない」

「はい」

巌海の言葉に、賢治郎はすなおにうなずいた。

「またお出《い》でなされ」

口調をもとに戻して、巌海が手を合わせた。

「かたじけのうございまする」

頭を下げる賢治郎を残して本堂を出て行きながら、巌海は厳しい顔をした。

「上様も酷なことをなさる。実家に不要と言われた賢治郎なのだ。捨てられることに怯《おび》えている。それこそ、上様に要《い》らぬと言われぬためなら、命さえ差し出すであろう」

難しい表情で巌海はつぶやいた。

「しかし、徳川家の祈願所として創設された寛永寺、その末寺の住職でしかない拙僧には、あれ以上のことはできぬ」

巌海が大きく嘆息した。

三

三日後、宿直《とのい》を終えた賢治郎は、清太を先に帰した。

「お供をいたさねば、お嬢さまより叱られまする」

清太のすがりを御用だと賢治郎は拒んで、一人雑踏のなかへと身を沈めた。

「…………」

後をつけられては困ると、回り道した賢治郎は半刻近くかけて、空《あ》き屋敷へ着いた。

「よし」

門前でもう一度考えを確認して、賢治郎は潜り戸を押した。かすかなきしみ音とともに潜り戸が開き、すんなりと賢治郎はなかへと身を滑りこませた。

「帰りはこうはいかぬだろうよ」

潜り戸の周囲に人影はなかったが、賢治郎はただで帰してもらえぬだろうと確信していた。

ゆっくりと屋敷の角を曲がった賢治郎は、兵庫の出迎えを受けた。

「待っていたぞ」

兵庫が立ちあがった。

「順性院さまは」

先日は開かれていた屋敷の雨戸が閉じられていた。

「返答を聞くだけ。このていどのことでお出向きいただくわけにも行くまい」

じっと賢治郎を見つめながら、兵庫が言った。

「で、さっそくだが、回答を聞かせてもらおうか」

三間（約五・四メートル）離れたところで、兵庫が立ち止まった。

「端からやる気か」

賢治郎は兵庫の様子を笑った。

「拒むのであろう」

兵庫も頬をゆがめた。

「わかっているならば、呼び出すな」

少しずつ賢治郎は足先を前へ出していった。

「きさまなどおらずともよいのだ。順性院さまには、我らがついておる」

「ふん」

鼻先で賢治郎は笑った。

「やれ」

鋭い声で兵庫が命じた。

閉じられていた雨戸がなかから蹴《け》り飛ばされ、三人の侍が現れた。

「やあぁ」

縁側から飛び降りた勢いのまま若い侍が斬りかかってきた。

「なんの」

賢治郎は脇差《わきざし》を抜き放ち、ぎゃくに間合いをつめた。

「えっ」

若侍が驚愕《きょうがく》した。自ら白刃の下へ身を出すなど考えられなかった。

間合いの短い小太刀にとって、あたりまえのことだ。積み重ねた修練は、賢治郎の足を竦《すく》ませることもなく、若侍を間合いにとらえた。

「わああ」

あわてて太刀を落とそうとした若侍だったが、遅すぎた。

「ぬん」

賢治郎の突き出した脇差が、若侍の左肩を貫いた。

「ひくっ」

小さく息を吐いて、若侍が気絶した。

「山口」

一間（一・八メートル）ほど離れていた壮年の侍が、叫んだ。

「こいつが」

壮年の侍が、斬りかかってきた。

「………」

無言で賢治郎は、脇差をさしたままの山口を壮年の侍へと向けさせた。

だ。

「なにっ」

壮年の侍が、倒れた仲間の身体《からだ》へ刀を食いこますことはできないと、たたらを踏んだ。

「えいやっ」

一瞬の隙《すき》に賢治郎は、山口の身体を蹴り飛ばした。

「おう」

思わず壮年の侍が抱き留めた。

「しゃっ」

大きく踏みこんだ賢治郎は、壮年の侍の手の筋を刎《は》ねた。

「あああああ」

長い悲鳴とともに壮年の侍の手首から血潮が噴きだした。

「馬鹿が……」

ののしった兵庫が、太刀を抜いた。

「なんのためにこの場に来たのか、わかっておるのか」

無傷で残った最後の一人に、兵庫が言った。

「あわあわ」

最後の一人は、恐慌に墜ちていた。

「免許皆伝をそろえたが、無意味だったな」

情けなさそうに兵庫が嘆息した。

「やはり人を斬ったことのない者は、肝が据わらぬ」

兵庫が滑るように間合いを詰めてきた。

「役立たず。せめて牽制《けんせい》ぐらいはしてみせろ」

太刀を抜いたまま、一歩も動けないでいる最後の一人へ、兵庫が命じた。

「は、はい」

怒鳴られて最後の一人があわてて太刀を構えなおした。

「わ、わああ」

長年習い覚えた技も術《すべ》もなく、ただ太刀を上下に振り回すだけであったが、まったく無視するわけにはいかなかった。

賢治郎は、二人を目の内に納めるところへと、移動した。

「やあ」

三間まで近づいた兵庫が、気合いを発して誘ってきた。

「おう」

攻めてくる気がないのはわかっていても、応じないと位負けしてしまう。賢治郎は、軽く切っ先を上下させて受けた。

「や、やああ」

まねをするように最後の一人がうわずった声を出した。

「…………」

力のこもっていない気合いなど、鳥の鳴き声以下である。賢治郎は相手にしなかった。

「情けなき」

兵庫があきれた。

「こやつをここで討てねば、無事に戻ったとしても、咎《とが》めを避けることはできぬ。家を残したければ、戦え」

「……お、おう」

ここで死ぬか、屋敷へ帰ってから腹切らされるか、どちらかを選べと言われた最後の一人が、受けた。

「木津《きづ》、吾の合図で同時にかかるぞ」

「しょ、承知」

震えながらも木津がうなずいた。

「太刀をあげよ」

「おお」

兵庫と木津の二人が太刀を上段に変えた。

「敵は脇差、我らは太刀。間合いはこちらにある」

「たしかに」

説明する兵庫に木津が納得した。

「要は、敵が間合いに入る前に、こちらが斬ればいいだけのこと。こちらの太刀は届いても、敵の脇差は届かぬ間にな」

「承知」

木津の目から恐怖が消えた。

「よし、参るぞ」

兵庫が声をかけて、前へ出た。

「うおお」

大声をあげながら木津が、間合いを詰めた。

「……………」

いくら息を合わせたところで、二人が同時に斬りかかることはできなかった。腕の長さ、一歩の歩幅の違いが、大きな差を生んだ。

「うん」

賢治郎は二人の早さに目に見えるほどの違いがあると気づいた。

どうしても遅速が出るのは当然だが、ここまで露骨なのは異常であった。あきらかに兵庫が遅れていた。

「捨《す》て駒《ごま》にするか」

すぐに賢治郎は兵庫の意図を読んだ。

賢治郎が木津に応じている背後から、兵庫は一撃を加えるつもりなのだ。

「卑怯《ひきょう》な」

他人を己の策のため犠牲にする。たしかに有効な手段ではあるが、ほめられたものではなかった。

「りゃああ」

木津がついに二間（約三・六メートル）、太刀の間合いに入った。

「おう」

今度は賢治郎も対応した。

切っ先を兵庫から木津へと向け、腰を落とした。

「死ねえ」

足を止めた木津が太刀を真《ま》っ向《こう》から振り下ろした。

「ぬん」

白刃の下をくぐるのではなく、賢治郎は左前へと飛び出した。

人は己の右側へ回ったものを追いにくい。これは刀の柄《つか》を握る手が右先になるからである。足を固定したまま右へ太刀を振っても、途中で伸びが止まってしまう。身体の構造上どうしようもないことである。また、鞘《さや》が左にある関係で斬るときは右足が前になる。それも一因であった。

「逃がすか」

無理矢理太刀を右へ回そうとした木津が、体勢を崩した。

「えいっ」

賢治郎は木津が踏み出した右足を、思いきり踏みつけた。

「ぎゃっ」

痛みのあまり、木津が悲鳴をあげて、転びそうになった。

「じゃまだっ」

賢治郎の背中へ追いすがっていた兵庫の前へ、よろめいた木津が出た。

「ごめんを」

兵庫の勢いが止まった。

「どけっ」

木津を突き飛ばし、踏み出した兵庫の目の前に、構えを決めた賢治郎がいた。

「遅いな」

刹那《せつな》の隙とはいえ、体勢を整えるには十分であった。

「あっ」

兵庫が急いで太刀を突き出した。

「甘いわ」

腰に力を入れた賢治郎は、兵庫の太刀を迎え撃った。太刀を脇差が弾《はじ》きとばした。

「くそっ」

兵庫が後ろへ退《ひ》いた。

「………………」

賢治郎は背を向けると一気に逃げ出した。

「あっ。待て」

木津が手を伸ばしたが、届くはずもなかった。

「追わぬか。生きて屋敷を出すな」

切羽詰まった声で兵庫が命じた。

「は、はい」

急いで木津が追いかけた。

「説得できなかったはまだしも、逃がしましたでは、どの面《つら》さげてお方さまの前へ出られるというのだ」

兵庫も走った。

「なんとか屋敷を出ねば……」

走りながらも賢治郎は警戒を怠らなかった。

空き屋敷は敵地であった。

外から見えないだけになにがあっても、人知れず始末することができる。さらに伏せ勢がいるやも知れなかった。

「逃げたぞ」

背後で兵庫の叫びがした。

「報《しら》せたか」

他にも敵がいるとの証明であった。

庭から玄関へと曲がったところに、伏せ勢の一人がいた。

「えいっ」

いきなり賢治郎目がけて槍が突き出された。

「なんの」

賢治郎は、身体をひねって空《くう》をきらせた。

槍の攻撃は穂先での突き、払いと石突きでの打ちである。槍遣いは外れたとさとった瞬間、柄をたぐって手元へ引き戻そうとした。

「させるか」

小太刀の祖は戦国時代の武将富田長家《とだながいえ》と言われている。戦場往来の武者が、長さで不利な小太刀を創始したにはそれだけの理由があった。

どうしても命のやりとりとなると、足がすくみ、腕が縮む。それでは、手柄を立てるどころか生き残ることさえおぼつかない。ならば、敵に刃《やいば》が届かない小太刀を使わせれば、思いきって踏みこまざるをえない。

「身を捨ててこそ浮かぶ瀬もあれ」

富田長家の極意はここにあった。

小太刀の修行は、まず切っ先を恐れない練習から入る。

六歳になったばかりの賢治郎は、師厳路坊の持つ真剣で毎日毎日、身体に当たる寸前まで脅かされ続けた。浅く突かれたり薄紙ていどの傷を負わされるなど日常茶飯事であった。竹千代の側に仕える関係もあって、目に付くところに傷はなかったが、それでも百近い痕《あと》が、胸や背中、肩口に残っている。

「よいか、真剣での戦いでもっとも安全な場所がどこかわかるか」

賢治郎の目の前へ切っ先を突きつけながら、厳路坊が言った。

「間合いの外でございまする」

じっと膝をそろえたままで、賢治郎は答えた。

「そうだ。だが、そこにいるかぎり、勝つこともできぬ。では、安全でしかも絶対の勝利をてにできるところがどこか、わかるか」

「わかりませぬ」

六歳の子供に理解できる話ではなかった。

「ここよ」

厳路坊が、己の胸を叩いた。

「相手の胸と接するところまで近づけば、斬られることはない。なぜならば、太刀にせよ槍にせよ、刃がなければ、ただの棒と変わらぬからだ。鍔《つば》より下で、人は斬れぬ」

白刃の恐怖になれたころから、賢治郎は厳路坊の胸へ突進する稽古《けいこ》を重ねさせられた。

おかげで賢治郎は白刃の恐怖を取り払えた。

「なにっ」

鈍い色を放つ穂先を恐れることなく近づいてくる賢治郎に、槍遣いが目を見張った。

「来るなあ」

槍遣いが槍を水平に振った。

「馬鹿め」

すでに穂先より深く入った賢治郎である。槍の柄で叩《たた》かれたていどで足を止めはしなかった。

「ひっ……」

悲鳴をあげかけた槍遣いの、太股《ふともも》に賢治郎は遠慮なく脇差を刺した。肉を巻いては抜けにくくなると、賢治郎はすぐに脇差を引いた。

「ああ……」

得物《えもの》を落として、槍遣いが傷口を手で押さえた。

「人を襲ったのだ、傷つく覚悟はできていただろう」

足をやられては動けなくなる。まともな医者にかかればいいが、でなければ、二度と武を張ることはできなかった。

「そんな……」

泣きそうな顔で槍遣いが、膝を突いた。

「…………」

賢治郎は一瞥《いちべつ》をくれただけで、離れた。

「伊豆山《いずやま》、きさまもか。情けなし」

兵庫の声が背中に迫っていた。

「待て」

制止する兵庫を振り向くこともなく、賢治郎は門へ近づいた。

「誰もいない……」

もっとも人を配すべき出口に伏せ勢の姿がなかった。

「深室、待て」

兵庫が迫っていた。

「…………」

懸念の確認をする暇はなかった。

賢治郎は潜り戸を引いて開け、そのまま飛びこんだ。

「りゃあ」

外で待ち伏せていた刺客が、腰を曲げた賢治郎の首筋目がけて太刀を振るった。

甲高《かんだか》い音がして、太刀と脇差がぶつかった。

賢治郎は脇差を頭上に横たえるように構えていた。潜り戸を抜けるときの心得であった。

「ちっ」

すぐに刺客が、二撃を追い撃とうとして、太刀を引きあげた。

「やあっ」

賢治郎はそのまま脇差を水平に突き出した。

「ぎゃっ」

賢治郎の脇差に臑を切られた刺客が絶叫をあげた。

痛みのあまり手にしていた太刀を落として、臑を抱える。

「しゃあ」

刺客の太刀を拾った賢治郎は、後ろを見ずに投げた。

「くっ」

賢治郎の後に続いて潜り戸を通過しようとしていた兵庫の目の前に太刀が刺さった。

「くそっ。役立たずどもめが」

遠ざかる賢治郎の背中を憎らしげに見ながら、兵庫が足を抱えてうめいている刺客を蹴った。

「お方さまに叱られるではないか」

兵庫の顔がみにくくゆがんだ。

四

危地を脱した賢治郎は、血ぬれた脇差を手に困惑していた。

江戸の町中を血刀で歩いていれば、まちがいなく町奉行所へ通報される。旗本は町奉行所の管轄ではないが、身分を明らかにしないかぎり、解放されることはない。身分を語れば、町奉行の手からは離れられるが、目付へ報告される。江戸市中で血刀を持っていたとなれば、少なくとも謹慎、事情次第ではお役ご免もありえる。

かといってこれほど大量の血が付いたまま鞘へ戻すと、なかで錆《さび》がまわり、脇差は使えなくなる。賢治郎の脇差は小太刀で初伝をもらった祝にと、亡くなった実父がくれたものだ。

無銘ながらなかなかの作であった太刀を、わざわざ小太刀の大きさへとすりあげてくれたものだけに愛着があった。

「捨てるわけにはいかぬ」

目立たぬよう走るのを止《や》めて歩きながら、賢治郎は脇差を懐紙で拭《ふ》いた。懐紙では血の色はとれても、脂《あぶら》まではぬぐえなかった。下手をすれば、ぎゃくに拡《ひろ》げてしまうことになる。

かといって屋敷まで抜き身を下げて帰ることはできなかった。

「やむをえぬか」

賢治郎は脇差を鞘へ戻した。

脂のついた刀身を入れたのだ。鞘の内側を一層削らなければならなくなった。鉄の塊《かたまり》である刀に、人の脂は天敵であった。

「研ぎ師は……」

人の多い大通りに出て、ようやく賢治郎は気を緩めた。

城を中心に、各大名旗本たちが屋敷を建て、それにつれて町屋が拡がっていった江戸の城下町は、ややこしい造りになっていた。

譜代名門大名の屋敷の隣に、商家があったりと、武家町人が混在している。そのため か、あまり出歩くことなく、要りようのものを手にすることができた。

「あった」

御研ぎと書いてある障子《しょうじ》を賢治郎は見つけた。

「邪魔《じゃま》をする」

「お出《い》でなさいませ」

土間で作業をしていた研ぎ師が顔をあげた。

「研ぎを頼みたい」

「へい。お刀を拝見」

磨いていた太刀を、置いて研ぎ師が立ちあがった。

「うむ」

賢治郎は鞘ごと抜いて、研ぎ師に渡した。

「抜かせていただきまする」

作法どおり研ぎ師は左手で柄を持ち、右手で鞘を摑《つか》んで脇差を抜いた。

「……これは……」

研ぎ師が賢治郎を見た。

戦国は終わったが、武家の気風は大きく変化していなかった。いつまた戦いが起こるかも知れない。戦いで手柄を立て、禄を増やす。あるいは大名になる。そんな夢がまだ生きていた。

武家のなかには、いざというときすくんでしまっては困ると、あらかじめ人を斬る経験をしておこうとする者もいた。辻斬《つじぎ》りである。

「辻斬りではないぞ」

賢治郎は首を振った。

「挑まれたから、応じた。それだけだ」

「真剣での試合だと」

念を押すように研ぎ師が訊いた。

「不意打ちだったからな、試合ではないな」

「辻斬りに狙われたと……」

「のようなものだ」

苦笑しながら賢治郎は首肯した。

「お名前とおところをお伺いしてよろしゅうございまするか」

疑いの目を残したまま研ぎ師が問うた。

「うむ。深室賢治郎、屋敷は駿河台だ」

「お旗本さまで」

少し研ぎ師の態度が変わった。

「いつできる」

予備の脇差を賢治郎は持っていない。深室家の刀簞笥《かたなだんす》には、何本もの脇差はあるが、養子でしかない賢治郎が持ち出すことはできないうえ、どれも小太刀として使うには不足であった。

「差し替えをお持ちでは」

「あいにくな」

賢治郎は正直に答えた。

「…………」

研ぎ師はもう一度脇差を見た。

「半日あれば研ぎはできまするが……」

鞘へと研ぎ師が目を移した。

「しまわれたようで」

「ああ。まさか抜き身で歩くわけにもいかぬでな」

すなおに賢治郎は認めた。

「そちらの修理に少しときがかかりまする。漆《うるし》を乾かさねばなりませぬで……」

「なんとか明後日までにできぬか」

襲われた以上、武器がないのは不安であった。

「多少漆の塗りが雑になりまするが、よろしゅうございましょうか」

「いたしかたあるまい」

「では、前金で二分《ぶ》ちょうだいいたしとう存じまする」

「二分か」

賢治郎は懐から紙入れを取り出した。

二分は一両の半分、銭にしておよそ二千文《もん》である。職人一日の手間賃が二百文から三百文であることからみても、かなりの金額であった。

「頼んだぞ」

二分金を置いて、賢治郎は屋敷へ戻った。

賢治郎の帰邸を今日も三弥は待っていた。

「ずいぶんとときがかかりましたようでございまするな。御小納戸さまとは、お城だけでなく、ご城下でもお役目がございますようで」

玄関で待っていた三弥が皮肉を口にした。

「役目とは表に見えるだけではございませぬゆえ」

相手をしていられぬと、賢治郎は屋敷へとあがった。

「お待ちなさいませ」

鋭い声で三弥が制止した。

「まだなにか……」

しぶしぶ振り返った賢治郎は、きびしい目つきの三弥にたじろいだ。

「脇差はどこに」

「…………」

しっかりと三弥に気づかれていた。賢治郎は苦い表情を浮かべるしかなかった。

「お答えな……」

近づいてきた三弥が息をのんだ。

「それは……血」

三弥が指さした。

「あっ」

賢治郎も驚愕した。返り血が裃《かみしも》に付着していることに気づいていなかった。

「なにがあったのでございまするか」

「さしたることではありませぬゆえ、お気になさらず」

あわてて賢治郎はごまかした。

「父上さまにご報告申しあげまする」

三弥は納得しなかった。

「ご当主さまにご心配をおかけいたしては」

「ならば、本当のことを申しなさい」

逃げ腰の賢治郎に、三弥が命じた。

「御用にかかわることでございまする」

「血をつけて帰ることが、お役目とは。小納戸とは、そのように物騒なものであったとは、知りませせなんだ」

「知らぬ顔をなさっていただきたい」

「深室の家になんの影響もないと断言なさるならば。わたくしは深室の娘でございまする。家を護《まも》ろうとするのは当然」

十五歳に満たぬとは思えぬ気迫で、三弥が迫った。

「…………」

賢治郎は黙った。

言葉では三弥に勝てなかった。

「ここではできませぬ。わたくしの部屋までおいでくだされ」

仕方なく賢治郎は密談をもちかけた。

「承知いたしました」

先に立って三弥が、歩き出した。

「さあ、お話しを」

さっさと部屋に入った三弥は、上座へ腰を下ろした。

「まずは着替えをさせていただきたい」

どのように説明するかを考える間を賢治郎は求めた。

「お手伝いいたすゆえ、手早くなされ」

立ちあがって三弥が賢治郎の側へ来た。

「けっこうでござる」

触れあうほど近くに来た三弥に賢治郎は慌てた。

賢治郎が深室家へ養子としてきてから二年、まだ本当に子供であった三弥だったが、ずいぶんと変わってきていた。

いつも家付き娘のわがままが表に出ているため、賢治郎は避けていた。あえて見ないようにしていた。

しかし間近に来られれば、いやでも意識することになる。

二年の歳月は、子供を女へと変えていた。痩せて小さかった三弥の背も伸び、身体つきも女らしくなっていた。

「じっとなさい」

しつけないことをやるのだ。たどたどしい手つきで三弥が、賢治郎の袴《はかま》の紐《ひも》を解こうとした。

「…………」

言い出したらきかない三弥である。賢治郎は直立した。

「こうやって……」

一生懸命な三弥を賢治郎は見下ろして、息をのんだ。

三弥の襟足《えりあし》から首へかけての肉付きに、賢治郎は女を感じてしまった。

「じっとしてなさいと言ったはずです」

あわてて目をそらした賢治郎に、三弥が怒った。

「解けた」

三弥がほっとした顔をした。

「かたじけない」

賢治郎は礼を述べて、袴を脱ぎ、裃をはずした。

「少し離れていただけぬか」

まだ側から動こうとしない三弥に賢治郎は頼んだ。

「あっ」

ようやく距離がないことに気づいた三弥が、頬を染めて上座へと戻った。

「なにがあったのでございまするか」

賢治郎が腰を下ろすのを待って、三弥が問うた。

「聞かずにすませていただけませぬか」

もう一度賢治郎は申し出た。

「深室の家にかかわることならば、見過ごすことはできぬ」

いつもの表情で三弥が首を振った。

「やむをえませぬか」

肩を落として、賢治郎はあきらめた。

「ご当主さまへはご内密に願いまする。わたくしのことでお心を煩《わずら》わせるわけには参りませぬので」

「内容しだいでございましょう」

聞いてからだと三弥が述べた。

「じつは、お役目に就いたときから、身を退けとの……」

賢治郎は、綱重や順性院を外して、話した。

「小納戸役を欲しがる輩《やから》の嫌がらせがあったと」

三弥が確認した。

「さようでござる。先日遅くなったのは、その者から呼び出されていたからでござる」

「今日の血は……」

少し震える声で三弥が訊いた。

「少し強引な手段に出て参ったので、対応をいたしただけでございまする」

「相手を斬った……」

三弥の目が少し大きくなった。

「ご安心を。ほんの軽くでございますれば。袢に付いたのは、そのときのものでございましょう」

「脇差は」

忘れることなく三弥が尋ねた。

「研ぎに出しましてございまする」

「わかりました」

三弥が立ちあがった。

「役目を譲れなどという卑劣な申し出は、深室家への侮辱。賢治郎どのの応対を認めましょう」

「かたじけない」

歳下の娘から、尊大な態度を取られて不満がないわけではないが、いつもほど腹立たしくないことに賢治郎は気づいていた。

「相手はどこの誰かわかっておりまするか」

「いいえ。まったく名乗りもいたしませぬ」

賢治郎は首を振った。

「名も出せぬような、卑怯者の相手などいたさぬように」

きびしく三弥が命じた。

「今後このようなことがあれば、かならず報せるように。深室家から目付へ申し出まする」

「承知いたしましてございまする」

頭を下げながら、賢治郎はうなずいて見せた。

「昼餉がまだでございましょう。今、用意をさせまする」

出て行った三弥と入れ替わりに、家士が膳を持ってきた。

「手伝いはいい」

賢治郎は、家士を引かせ、一人で膳に向かった。

「肚をくくるしかないか」

急激な変化に、賢治郎は応じる意志を強くした。

非番の一日を屋敷から出ず過ごした賢治郎は、いつもより早く江戸城へとあがった。

「早いな」

下部屋では、宿直明けを待っている小納戸たちがくつろいでいた。

「目が覚めてしまったものでございますから」

賢治郎は言いわけをした。

「そういえば、紀州さまはお国もとへ戻られたので」

「三日前に発《た》たれたと聞いたが」

夜具を片付けながら、一人の小納戸が答えた。

「ようやく紀州さまも、上様のお許しを得て、ほっとなされたであろうな」

別の小納戸が言った。

「であろうなあ。江戸での禁足とは、すなわち謹みだからな」

謹みとは軽いものだったが、武家の処罰には違いなかった。

「紀州家を取りつぶすという噂もあったでなあ」

「御三家をでございまするか」

思わず賢治郎が聞き返した。

「不要といえば、不要であろう、御三家は」

問われた小納戸が答えた。

「なんと」

賢治郎は驚愕した。

「考えても見られよ。御三家は神君家康さまが、本家になにかあったとき、人を出すとしてお作りになった。しかし、今の上様には、甲府《こうふ》さま、館林《たてばやし》さまとお二人の弟君がおられる。このようなことを口にしてはならぬが、もしもとして許してもらう。今、上様に万一があったとしても、御三家へ頼らずともすむであろう」

「……それは」

同僚の言葉に賢治郎は息をのんだ。

「なにより、上様はお若い。お世継ぎをもうけられるのも、近かろう。となれば五代さまの座は安泰なのだ」

「たしかに、上様は大奥へもお通いとか」

賢治郎も家綱が側室をもうけたと知っていた。

「お乳母の矢島《やじま》さまから、勧められたお方だそうだがな」

「早くお世継ぎさまができてくださるといい」

小納戸たちの話題がそれていった。

「では、お役目の刻限でございますれば」

静かに賢治郎は、下部屋を出て家綱のいる御座の間へ行こうとした。

「深室氏、待たれよ」

気づいた小納戸が止めた。

「上様は、昨夜大奥でお過ごし遊ばれた」

「さようでございましたか」

賢治郎はもう一度腰を下ろした。

将軍が大奥で過ごした翌朝は、すべての予定が一刻（約二時間）ほど遅らされた。

家綱の起床は、表でも奥でも変わることのない明け六つと決まっていた。ただ、大奥で過ごした翌朝は、起きてからが少し違った。

大奥で目覚めた将軍は、洗面漱口《そうこう》ののち、女中たち一同の挨拶《あいさつ》を受けなければならなかった。もちろんお目通りのかなう身分までで、さらに格式ごとにまとまってではあるが、かなりの人数になる。それだけではない。終わってから仏間へ参籠《さんろう》し、先祖代々の霊に祈りを捧《ささ》げ、ようやく表へ戻ることができるのだ。

すべて春日局が取り決めた大奥の慣例であった。

春日局は、三代将軍の乳母であり、弟忠長に奪われかけた将軍の座を家光へもたらした功臣である。その権は幕府の老中たちをはるかにしのぎ、大奥の地位を確固たるものとしていた。

「御錠口番《ごじょうぐちばん》の報せがある。早くから御座の間へ出ても、何もすることがないでな」

壮年の小納戸が笑った。

「はい」

首肯して賢治郎も雑談の輪へと戻った。


「お戻りなされまする」

大奥と表を繋《つな》ぐ御錠口の管理を担当する小姓組御錠口番から報せが来た。

「参りましょうぞ」

小納戸たちが慌ただしく動き出した。

江戸城内を走ることは禁じられている。それでも家綱の登場までに御座の間へ着いていなければならない。一同は早足で進んだ。

「もおおおお」

いつもと同じ朝の儀式が始まった。

「御髪《おぐし》を」

洗顔は大奥ですませているが、将軍の髪を女中にさわらせることはできない。家綱の髪は、昨夜洗髪されたままであった。

「うむ、一同遠慮せい」

家綱が人払いを命じた。

「調べはどうだ」

「春日局さまについては、まだなにも」

賢治郎は申しわけなさそうに告げた。

「そなたにしては、遅いの」

不満そうに家綱が述べた。

「恐れいりまする。ですが……」

詫びを口にしてから、賢治郎は昨日までのいきさつを語った。

「順性院がそのようなことを……」

聞いた家綱が絶句した。

「しかし、そなたを狙う理由がわからぬ。小納戸など、味方にしたところで、どうというほどのものではあるまい」

家綱が首をかしげた。

「上様、月代御髪係は、唯一、上様の近くで刃物を遣うことが許されまする」

「躬《み》を殺すと言うか」

怒りの声を家綱があげた。

「わたくしがそのようなまねをいたすわけもございませぬ」

「では、もう一人か」

家綱が問うた。

「おそらくございませぬ。たしかに上様のお命をちょうだいするに、これほどの役目はございませぬ。ですが、そのあと逃げ出すことがかないましょうや」

「無理だの。なるほど、己も死なねばならぬのであれば、利で誘われた者にはできぬ」

「はい。利でなくとも無理でございまする。身を捨てて上様を害し奉《たてまつ》ったところで、己の命一つで終わるわけではありませぬ。連座して一族郎党までが滅ぼされまする」

「だの」

聞いた家綱が納得した。

「では、どういう意図があると言うのだ」

家綱が訊いた。

「わたくしを通じて、ことを上様へ報せたかったのではないかと」

「謀反を企んでいると、躬に教えたかったと申すか。意味があるのか。躬が命じれば、順性院はもとより、綱重の命を奪うなど容易ぞ」

馬鹿なと家綱が否定した。

「上様、一つ気になることがございまする」

賢治郎が発言した。

「なんだ。申してみよ」

「わたくしは、順性院さまのお顔を存じあげませぬ」

「偽物かも知れぬと申すか」

家綱が息をのんだ。

第四章　血の交錯

一

賢治郎と家綱、二人だけのときは長くない。

月代《さかやき》を剃《そ》り、髷《まげ》を結うだけでは、小半刻《こはんとき》（約三十分）が限界であった。

「なんとか順性院さまにお目通りを願うわけには参りませぬか」

「理由がない。順性院は、綱重の生母である。小納戸のそなたが会いたいと言ったところで、理由がない」

賢治郎の願いに家綱が首を振った。

「順性院さまの真贋《しんがん》を確かめませぬと、話がすすみませぬ」

「わかってはおるが……」

家綱が苦吟《くぎん》した。

「どのような顔つきであった」

思い出せと家綱が命じた。

「小柄で、髪を肩口で切りそろえられ、色白く瓜実顔《うりざねがお》で、とにかくお美しゅうございました」

「それでは、わからぬわ。切り髪であることを除けば、そのような姿の女など、大奥に掃いて捨てるほどおるぞ」

家綱が嘆息した。

「はあ」

情けない声を賢治郎は出した。

「綱重をここに呼び出すことはできても、順性院は無理だ」

大奥が男子禁制であるのに対し、表も女人禁制であった。

「家光さまのご法要に参列なさりはいたされませぬので」

順性院は家光の側室であった。

「出ぬ」

はっきりと家綱が否定した。

「側室は法要に参加するだけの格がない」

いかに家光の寵愛《ちょうあい》を受け、子までなしたとはいえ、側室はあくまでも使用人に過ぎなかった。法要で喪主近くに座すことはできなかった。

「本物の順性院だとすれば、あまりに軽薄すぎる」

「はい」

味方になるかどうかさえわかっていない段階で、身分を明らかにするなどうかつにもほどがあった。

「かといって、順性院を陥れて得をする者がおるのかどうか」

家綱がうなった。

順性院の子、綱重はすでに甲府藩主として独立している。順性院のつながりで綱重を改易にしたところで、甲府領は幕府へ戻されるだけで誰《だれ》かのものとなるわけではない。

「綱重が没落して、少しでも得をするとなれば、館林の綱吉しかおらぬ」

家光には綱重の下に男子がいた。館林藩主徳川綱吉である。

綱吉は正保三年（一六四六）、家光と側室玉、のちの桂昌院《けいしょういん》の間に生まれた。慶安四年、賄料《まかないりょう》十万石をもって別家し、竹橋《たけばし》御門側《そば》に屋敷を与えられた。

「桂昌院さまもお美しいおかたでございまするか」

「うむ。順性院と同じか、いや勝るやも知れぬ美貌《びぼう》ではある」

賢治郎の問いかけに家綱が首肯《しゅこう》した。

「桂昌院は、家光さまの死後、筑波山《つくばさん》の知足院《ちそくいん》にて仏門に入っておる。江戸にはおらぬはずだ」

家綱が説明した。

「筑波でございまするか。一日で来られるとはいえ、桂昌院さまが動かれるとなると、それ相応の行列になりまする。他人目《ひとめ》にたたず、江戸へ入ることは……」

元結いを締めながら、賢治郎は言った。

「難しかろうな」

賢治郎の意見に家綱も同意した。

「いかがいたしましょう」

「考えておく。それより春日局のことを調べよ」

結局、明確な答えを出さずに家綱が終わりを告げた。

一夜の任を終えた賢治郎は、その足で研ぎ屋へと向かった。

「お待ちいたしておりました」

脇差《わきざし》の手入れは終わっていた。

「鞘《さや》のなかをほんの少しですが、削っておりまする。もし、居合いをこの刀で遣《つか》われるとなれば、多少の違和が生じましょう」

研ぎ師が説明した。

脇差の鞘はもともと二つに分かれたものを漆《うるし》と糊《のり》で固めてある。鞘内の整備をするとなれば、鞘を二つに分割して、なかを削るしかないのだ。

当然、削ったところは刀身と隙間《すきま》ができることになり、鞘との滑りで加速を得る居合いにとって、不利となった。

「居合いは遣えぬゆえ、大事ない」

賢治郎は受け取った脇差を抜いた。

「ほう……」

刀身を見た賢治郎は、声をあげた。

「白研ぎか」

「またお遣いになるならば、このほうがよろしかろうかと存じまして」

淡々と研ぎ師が答えた。

白研ぎとは、刃の部分に少し粗い目の砥石《といし》を当てて、細かい傷をつけることである。刃を鏡面のようにする本研ぎと違い、水気を吸いやすく、手入れをおこたれば錆《さび》が浮いてしまう。その代わりものを斬《き》ったときの刃止まりがよく、戦場へいくまえの侍たちは、必ず刀を白研ぎにした。

「あとこれを差しあげまする」

研ぎ師が手のひらほどの大きさの皮を渡した。

「鹿の皮をなめしたものでございまする。この裏側で刀身をこすっていただければ、ついた脂《あぶら》や血をこそげ落とすことができまする。研ぎほど完璧にはなりませぬが、鞘へ戻しても問題ないていどにまではできましょう」

「かたじけない。そこまでしてもらってすまぬな」

「いいえ。ただ一つだけ、お願いがございまする」

首を振った研ぎ師が賢治郎を見た。

「なんだ。追加の金か」

「ではございませぬ。お願いとは、二度とお見えになられませぬよう」

研ぎ師が深く頭を下げた。

「世は泰平で、刀も槍も蔵のなかで眠らされるころ。研ぎ師の役目も実用ではなく、装飾あるいは、名物として鑑賞するための刀造り。血なまぐさい研ぎなど、もう何年もいたしておりませぬ」

「面倒ごとはごめんということか」

「おそれいりまするが……」

「承知した」

賢治郎は受けた。

「では、お帰りくださいませ」

「うむ」

急《せ》きたてる研ぎ師に、賢治郎は追い出された。

「刀を扱う者でさえ、戦いを嫌がるか。これも徳川の威光が浸透している証拠。上様の治世に庶民たちは満足している」

賢治郎は、そう考えるしかなかった。

脇差を腰に戻した賢治郎は、もう一度空き屋敷の様子をうかがうことにした。

昨日、三弥に脇差を受け取ってくるゆえ、少し遅くなると報《しら》せてある。あまりときを喰《く》うとまた機嫌《きげん》をそこなうが、多少ならば大丈夫であった。

早足で賢治郎は記憶にある空き屋敷へと着いた。

「ふむ。人の気配はないか」

息を整えて、賢治郎は様子をうかがった。

もっとも、剣術や忍《しのび》に長《た》けている者は、己の気配を消せる。安心しきってよいわけではない。賢治郎は慎重に屋敷へと近づいた。

「……閉まっているな」

先日、音もなく開いた潜《くぐ》り門《もん》は、堅く閉じられていた。

「入りこむのも危険か」

賢治郎は、あらためて屋敷を見た。

「数千石ていどの高禄旗本、あるいは一万石そこそこの小名《しょうみょう》の屋敷」

規模からすれば、それほど大藩のものとは思えなかった。

門から離れた賢治郎は、あたりを見回した。

「人がいるな」

少し離れた屋敷の門前を中間が掃除していた。

近づいた賢治郎は声をかけた。

「率爾《そつじ》ながら、ものを尋ねたい」

「なんでございましょう」

いかにも役付旗本といったなりの賢治郎へ、竹箒《たけぼうき》を持った中間がていねいな物腰で応じた。

「あそこの空き屋敷だが」

「ああ。はい。あれは堀田備中守さまがお住まいだったお屋敷で」

「奏者番をつとめられている堀田どのか」

「さようでございまする」

中間が首肯した。

「お大名になられてお移りになられたあと、どなたさまもお入りになられず、空き屋敷のままとなっておりまする」

「そうか。かたじけない」

礼を述べて、賢治郎は立ち去った。

深室家へ戻る途中も賢治郎は思案した。

「……堀田備中守どのといえば、春日局さまのご養子」

賢治郎は独りごちた。

堀田備中守正俊は、家光の寵臣《ちょうしん》老中堀田加賀守正盛の三男である。母は秀忠、家光から老中大老と重用された酒井讃岐守忠勝《さぬきのかみただかつ》の娘で、生まれたときから将来の執政ともくされてきた。寛永十二年（一六三五）、家光の命《めい》によって春日局の養子となり、六年後わずか八歳で家綱の小姓として召し出され、寛永二十年（一六四三）、春日局の死去に伴い、領を相続し、三千石を与えられた。慶安四年（一六五一）、家光の死去に父正盛が殉死、遺領のうち下野国新田《しもつけのくにしんでん》一万石を分与され大名となる。

お花畑番とは違った家綱将来の側近執政としての小姓であり、賢治郎とかかわることはほとんどなかった。

「ここでも春日局さまか」

賢治郎は、息を吐いた。

「今日はここまでだな」

養子の悲しさである。このまま調べに入るわけにはいかず、一度帰邸しなければならない。

「表門が開いている。ご当主どのが、お帰りか」

屋敷前に着いた賢治郎は足を止めた。

「若」

門番の小者が賢治郎に気づいた。

「ご当主どのが急なお戻りなのか」

賢治郎は小者に問うた。作右衛門が帰ってくるとなれば、出迎えなければならなかった。

「いえ、若のためでございまする」

小者がほほえんだ。

「拙者の……」

怪訝《けげん》な顔を賢治郎は浮かべた。

旗本屋敷の表門は出城《でじろ》の大手門と同じである。開かれるのは、当主、もしくは目上の出入りだけと決まっていた。

跡継ぎとはいえ、当主でない賢治郎のために開かれることはなかった。

「お嬢さまよりのご命でございまする。お小納戸として、上様のお側近くに仕える若を、潜り戸から出入りさせるわけにはいかぬと」

「三弥どのが」

「はい」

小者が首肯した。

「どうぞ、お入りなされませ」

賢治郎に勧めた小者が、後ろへ首を曲げて大声を出した。

「お帰りにございまする」

「はっ」

「お戻りなさいませ」

たちまち表門周辺に奉公人たちが集まった。

「これは……」

ずらっと並んだ奉公人たちに、賢治郎は戸惑った。

「なにをなさっておられまするか。お入りになられませ」

玄関式台で三弥が厳しい顔をしていた。

「はい」

男尊女卑が看板の武家社会でも、婿養子の格は低い。家付き娘に嫌われれば、あっさり離縁されてしまうこともある。

あわてて賢治郎は、門を潜った。

「ただいまもどりましてございまする」

玄関のたたきで賢治郎は三弥へ一礼した。

「お戻りなされませ」

三弥がほんの少し頭を下げた。

「朝餉《あさげ》の用意をしてありまする」

「かたじけのうございまする」

腰から太刀を抜きながら、賢治郎は玄関へ上がった。

「脇差が」

めざとく三弥が発見した。

「先ほど研ぎ師より受け取って参りましてございまする」

「代金は後《のち》ほど用人から受け取られまするように」

説明する賢治郎へ、三弥が言った。

「いえ、これはわたくしの不慣れから出たもの。わたくしが支払うべきでございまする」

賢治郎は首を振った。

養子である賢治郎に、深室家から小遣い銭は与えられていなかった。研ぎの代金は実家から持ってきた用心金から出している。

「先日御用の筋で闘争になったと聞きましてございまする」

「たしかに」

真相ではなく、役目の奪い合いで争いになったと賢治郎は、三弥へ説明していた。

「ならば深室家として対応するのが筋でございましょう。それとも、先日の話は偽りで、私闘であったと」

　きっと三弥が賢治郎をにらんだ。

「いえ。では、のちほど用人へ申しまする」

「そのようになされませ」

「では、自室へ戻らせていただきまする」

　賢治郎は、状況の変化から離れるべく、歩き出した。

「尻《しり》の据わりが悪い」

　いつもとちがう扱いに、部屋へ入った賢治郎は、つぶやいた。

「ご免くださいませ」

　いつもの家士が着替えを手伝いに来た。

「ああ」

　身分ある旗本は、己で着替えなどをすることはなかった。

「では、朝餉を」

　着替え終わるのを待っていたかのように、別の家士が膳を捧《ささ》げて入ってきた。

「…………」

膳の上を見た賢治郎はほっとした。判で押したように同じ飯と汁、菜の煮物だけの質素なものであった。

「馳走《ちそう》であった」

他行したぶん、空腹だった賢治郎は飯を五膳お代わりをして、朝餉を終えた。

「このあとはいかがなされまするか」

膳を片付けながら家士が問うた。

「少しやすませてもらう」

いつものように、賢治郎は仮眠を取ると告げた。

「昼餉はいかがいたしましょう」

「要《い》らぬ。目覚めるまで誰も来ぬようにしてくれ」

昼までそれほど刻もない。一刻（約二時間）もしないうちに食事をする気はなかった。

「承知いたしましてございまする」

家士が下がっていった。

夜具をまとうほどではない。賢治郎は枕だけを出すと、居間の中央で横になった。

身体は疲れているが、眠気はなかなか来なかった。考えることが多すぎた。家綱の命、襲い来た者の正体、そして三弥の変化と、賢治郎は混乱していた。

「……春日局か」

賢治郎は無理に考えることを一つに絞った。

「戦国武将斎藤内蔵助利三《さいとうくらのすけとしみつ》の娘で、稲葉正成《いなばまさなり》の後妻にして、三代将軍家光公の乳母」

このていどのことは、誰でもが知っていた。

「春日局が家光さまの乳母となったことで、一族は栄華を極めている」

天井を見つめながら、賢治郎は独りごちた。

「主家である小早川《こばやかわ》が潰《つぶ》れたことで、浪人していた稲葉正成も家康さまに召し出され、美濃《みの》で一万石を与えられた」

妻の縁で出世したとの悪評で、賢治郎も正成のことを覚えているだけで、それ以上のことはわからなかった。

「寛永諸家系図伝《かんえいしょかけいずでん》が見られれば……」

小さく賢治郎はため息をついた。

寛永諸家系図伝は、松平伊豆守信綱の発案で、寛永十八年（一六四一）若年寄太田《おおた》資宗《すけむね》を奉行とし、林羅山《はやしらざん》が編纂《へんさん》した大名旗本たちの系譜である。系図だけでなく、一人一人の功績なども掲載された。二年半というときをかけて作成され、将軍家光に二部献上された。

「原本は紅葉山か」

貴重な書籍として、寛永諸家系図伝の原本は、江戸城紅葉山に作られた書庫で保管されていた。

「見せてはもらえぬ」

将軍の許しなく持ち出すことはおろか、閲覧さえもできなかった。かといって、家綱に願うわけにもいかなかった。小納戸役ていどが、なぜ諸家系図伝を見たがるのかと不審を呼ぶことになった。

「紀州家にはあるか」

諸家系図伝は、多くの写本が作られていた。

「見せてもらえるかどうかだな」

頼宣から、書庫の出入りを認められてはいた。しかし、頼宣が紀州へ旅立ってしまった今、果たされるかどうか、疑問であった。

「やるしかない。だめでもともとだ」

非番の翌日の予定を賢治郎は決め、ようやく眠りについた。

二

翌朝、諸役人諸大名たちの登城が終わる四つ（午前十時ごろ）過ぎ、賢治郎は紀州家上屋敷を訪れた。

「どうぞ」

賢治郎の懸念は払拭《ふっしょく》された。

名乗ることもなく顔を見せただけで、門番は賢治郎を通し、藩士が書庫まで案内してくれた。

「申しわけございませぬが、書物の持ち出しと、灯《あか》りの使用はご遠慮くださいますように」

藩士が注意をした。

「承知いたしましてございまする」

当然の要求である。賢治郎は首肯した。持ち出しは盗み同然であり、灯りは火事のもととなりかねなかった。

「雑用にお使いくださいますよう」

藩士一人が賢治郎について書庫へ残った。

「見張りか」

賢治郎は小さくつぶやいた。

「寛永諸家系図伝がどこにあるか、ご存じではないか」

「それならば、こちらに」

書庫の奥へと藩士が賢治郎を連れて行った。

「この棚すべてが、諸家系図伝でございまする」

「こんなに……」

すさまじい数に賢治郎は絶句した。

「全部で百八十六巻ございまする。付帯を含めますると、さらに多くなりまするが」

まじめな顔で藩士が述べた。

「索引のようなものは……」

「ございませぬ」

あっさりと藩士が首を振った。

「では、どうやって入り用な項目を探すので」

「氏《うじ》別になっておりますれば」

藩士が語った。

氏とは、姓名ではなく、源氏や平氏などの本姓を表す。有名な源平藤橘《げんぺいとうきつ》以外にも、紀《き》氏、大江《おおえ》氏、物部《もののべ》氏など、数多くあった。

「ううむ」

春日局の出自を賢治郎は知らなかった。

「清和源氏《せいわげんじ》がもっとも多ございまする」

唸《うな》る賢治郎へ、藩士が教えた。

「かたじけない」

礼を述べた賢治郎は最初の一冊を開いてみた。

「やはり松平か」

清和源氏の第一項は松平家から始まっていた。

諸家系図伝は、松平伊豆守の名前で各大名旗本へ、系譜の提出を命じたものを元にしていた。当然、家臣だけのものであり、将軍家、御三家は載っていなかった。

「では、入り口側に控えおりまする。何かございましたら、ご遠慮なく、お呼びくださいますよう」

静かに藩士が下がっていった。

「手当たり次第しかないか」

賢治郎は嘆息しながら、二冊目を手にした。

「清和源氏が多いのはわかるが……」

延々と続く清和源氏の項に賢治郎はうんざりしていた。

清和源氏は五十六代清和天皇の第六皇子貞純《さだすみ》親王の子である経基《つねもと》王を祖とする。皇族として新しい宮家を起こすだけの力を失っていた朝廷は、天皇家の血筋から離れた子息に姓名を与え、臣籍降下させることで皇室費を抑えようとしていた。経基王も、その例によって源《みなもと》姓を賜《たまわ》り、都から摂津《せっつ》へと移った。経基王の血を引いた者は、たちまち摂津を席巻した。

武家台頭の機運に乗った清和源氏は、本貫《ほんがん》の摂津から大和《やまと》、河内《かわち》、陸奥《むつ》へと勢力を伸ばし、数多くの武将を輩出した。鎌倉幕府をたてた源頼朝《よりとも》、足利幕府を創始した足利尊氏《たかうじ》も清和源氏の出とされている。

各地に源氏の貴種《きしゅ》流離譚《りゅうりたん》があることもあり、出自の明らかでない豪族など、てきとうに系図をねつ造して清和源氏を名乗る者が多かった。徳川家にいたっては当初、平氏と称していたが、家康の代で源氏へと転じている。

当然本家たる徳川家が清和源氏の出となったため、松平一統すべてが同調していた。

「ようやくか」

やっと賢治郎は藤原氏《ふじわら》の項目を見つけた。

藤原氏もまた大量であった。

「斎藤は、そうか、藤原だ」

春日局は斎藤内蔵助利三の娘である。斎藤とは、朝廷の祭事である斎《いつき》を司《つかさど》った藤原氏から生まれた名字であった。

「あった」

賢治郎は春日局の項目を見つけた。

春日局は、本名福《ふく》、美濃の豪族斎藤内蔵助利三の長女として、天正《てんしょう》七年（一五七九）に丹波《たんば》で生まれた。

織田信長の重臣、明智《あけち》日向守光秀《みつひで》の与力《よりき》として黒井《くろい》城を預かっていた斎藤内蔵助は丹波の一部を所領とする大名に近い武将であった。春日局はその姫として不足ない生涯を送れるはずだった。

春日局の人生に大きな影を落としたのが、天正十年（一五八二）に起こった本能寺《ほんのうじ》の変である。主君織田信長へ叛旗《はんき》を翻《ひるがえ》した明智光秀について斎藤内蔵助も本能寺を襲ったのだ。

もっともこのまま明智光秀が天下を取ったならば、斎藤内蔵助は数十万石以上の領土を得、福も名門の娘として満足な生活を謳歌《おうか》したであろう。しかし、織田信長を討ったまではよかったが、羽柴《はしば》秀吉、後の豊臣秀吉との決戦で、明智光秀は敗北してしまった。

父斎藤内蔵助も天下の謀反人《むほんにん》として捕らえられ、京で磔《はりつけ》に処せられた。家を潰された春日局の一族はちりぢりとなった。

わずか四歳の幼女にまで、連座はおよばなかったが、すべてをなくした春日局は、母方の祖母の実家公家三条西《さんじょうにし》家へ引き取られた。のち叔父《おじ》に当たる稲葉重通《しげみち》の養女となり、一族である稲葉正成の後妻に入った。

稲葉正成は小早川秀秋《ひであき》の重臣として仕え、関ヶ原で東軍へ寝返りするよう主君を説得した徳川にとって功臣であった。しかし、武士として卑怯《ひきょう》とさげすまれる裏切りをさせたことで、主君との間がまずくなり、小早川家改易の後は、ふたたび仕官しようともせず、正成は浪人となった。

先妻の子、わが子と四人の男子を抱え、生活の糧を失った春日局は、稼ごうとしない夫に見切りをつけ、家光の乳母に応募、みごとにその座を射止めた。

春日局が家光の乳母になったおかげで、没落していた稲葉家は、それぞれが徳川に抱えられた。正成は家康の孫松平忠昌《ただまさ》の家老《かろう》、先妻の子正次《まさつぐ》は五千石で旗本に、実子正勝《まさかつ》は小田原《おだわら》藩八万五千石の主《あるじ》となり、老中もつとめた。その他の男子もそれぞれに引き立てられた。また、春日局と離縁してから三度妻を迎えた正成が産ませた娘は、旗本堀田正吉《まさよし》の妻となった。

「堀田正吉どのが、長男こそ、家光さま第一の寵臣と言われた堀田加賀守正盛どの。そして、堀田備中守どのは、加賀守どのが三男」

読み終えた賢治郎は、系図のややこしさに辟易《へきえき》していた。

「堀田備中守と春日局さまに血縁はない」

系図のうえでは、春日局は堀田備中守の曾祖母にあたる。しかし、血のつながりはまったくなかった。

「稲葉正成どのもよくわからぬ」

春日局を二度目の妻として迎えた稲葉正成は、関ヶ原で主君を寝返りさせるほどの手腕を見せていながら、その後がろくでもなかった。

小早川家改易の後、浪人したのも異常であった。

「関ヶ原第一の功績といってもいい。なにせ、小早川秀秋は、豊臣の一門。それを味方とさせたのだ。徳川にとっては一番槍よりも大きい功名。しかし、小早川家改易の後、徳川が正成どのを迎えようとした形跡はない」

つまり、稲葉正成はつごうよく遣い捨てられたのだ。

「それもあったのか、正成どのは、春日局の引きで、徳川家に抱えられた後も不可解な行動をとる」

松平忠昌の家老として越後糸魚川《えちごいといがわ》で二万石を与えられた稲葉正成は、忠昌が越前福井へ移されるに従わず、咎《とが》めを受けてふたたび浪人となっている。

「もう一つ、稲葉家には疑問がある」

賢治郎はもう一度諸家系図へ目を落とした。

「春日局の産んだ二人目の息子、正利《まさとし》どの。この御仁《ごじん》がみょうだ」

慶長八年（一六〇三）生まれの正利は、春日局が家光の乳母となったことでやはり徳川家へ召し出されたが、なんと徳川忠長に付けられた。

のち家光との間にもめ事を起こした忠長が改易されると、正利も連座し、所領を召しあげられた。さらに上野国高崎へ流されていた忠長が自害した翌寛永十一年（一六三四）、正利は高崎から肥後《ひご》へと移され、熊本藩主細川忠利《ほそかわただとし》預かりとなった。武家としては切腹に次ぐ重罪の配流《はいる》であった。正利の配流先として肥後が選ばれたのは、細川忠利の娘が稲葉の一門に嫁いでいるという縁があったからである。

「家光の乳母春日局の実子なのだ。忠長さま改易のさいでも、連座を避けられたはず。なにより、正利どのの赦免がいまだになされていない」

正利が熊本へ流されてからすでに二十七年経《た》っている。なんどでも恩赦を与える機会はあったはずであるが、検討された形跡さえなかった。それどころか、熊本で流人《るにん》とはおもえない奔放な生活を送る正利に、春日局は自害さえ勧めていた。

「ふうむ」

腕を組んで賢治郎は悩んだ。

「いかん、ここだけにときを費やしては、他が見られぬ」

賢治郎は、懐紙に思いつくことを書いて、稲葉家と春日局から離れた。

「堀田家だ」

春日局の項目に連なっているおかげで、堀田家を探すのに手間はかからなかった。

「ほう……堀田家は譜代ではないのか」

堀田家の初代とされている正吉は、織田信長に仕えたのを皮切りに、浅野長政《あさのながまさ》、小早川隆景《たかかげ》、秀秋と主君を変えた。秀秋が没すると、稲葉正成と同様、浪人となるが、その三年後の慶長十年（一六〇五）、五百石を与えられて旗本に列した。

春日局が家光の乳母となった翌年のことで、その義理の娘を妻にしていたおかげであった。

「堀田正吉どのは、さしたる功績もなく生涯を終えた。その子正盛どのが、堀田家の隆盛を作った。幼少から家光さまの小姓として出仕した正盛どのは、家光さまの寵愛を受け、瞬く間に立身出世され、最後には下総《しもうさ》佐倉《さくら》で十一万石、老中にまで登りつめた」

家光より四歳歳下であった堀田正盛には、当初から噂《うわさ》がついてまわった。女より男を好んだ家光の男色相手として気に入られたというものである。事実、春日局は、女にまったく興味を示さない家光に苦労し、なんとか子孫を作らせようと、側室に女を感じさせない尼を選んだりしていた。

「譜代でもない堀田家が、老中になる。そこには、なにかがある」

家光を批判することになるため、表だっては口にしないが、誰もが堀田正盛のことを蛍《ほたる》大名と呼んでいた。尻の威光で出世したとの意味である。

将軍と男色関係にあったことで出世した者には、殉死するという不文律があった。堀田正盛は、家光の死を看取《みと》ると屋敷へ帰り、同日中に後を追った。

「老中は、累代の譜代から選ばれる格別な役目」

堀田正盛も春日局の一族と考えれば、稲葉正勝とともに老中になっている。ともに関ヶ原以前から徳川へ仕えた譜代ではなかった。

賢治郎はふたたび沈思に入った。

「深室どの」

考えこんでいた賢治郎に、紀州藩士が声をかけた。

「七つ（午後四時ごろ）を過ぎましてござる」

「おおっ、もうそんな刻限でござったか」

あわてて賢治郎は、出していた諸家系図伝をもとの位置へとなおした。

旗本には門限があった。あらかじめ届け出ていないかぎり、暮れ六つ（午後六時ごろ）までに屋敷へ戻っていなければならなかった。

いざ鎌倉となったとき、連絡がつきませんでは奉公の意味がない。恩と奉公、禄を与える代わりに、つとめを果たせが基本である。門限破りは、下手すれば改易まで行く重罪であった。

「かたじけない」

賢治郎は藩士へ頭を下げて紀州藩上屋敷を出た。

「収穫はあったが……どうつながるのか」

歩きながら賢治郎は嘆息した。

「帰ったか」

賢治郎が去ったあとへ、紀州家家老三浦長門守が姿を現した。

「何を調べていたかわかっておるか」

「はい」

書庫に同席していた藩士が首肯した。

「よし。和歌山まで走れ。殿にご報告申しあげ、ご指示を受けて参れ」

「はっ」

藩士が馬を駆った。

三

桜田屋敷で順性院は、わが子綱重と面会していた。

「お元気なご様子なによりでございまする」

「母上もお変わりなく」

順性院の気遣いに、綱重が答えた。

「奥へはお通いになっておられまするか」

「はい」

母の問いに誇らしげな顔を綱重が見せた。

正保元年（一六四四）生まれの綱重は、今年で十八歳になる。早くから女色を好み、奥には数人の側室を抱えていた。

「けっこうでございまする。若君さまのお身体に流れておりますのは、神君家康公の御血。絶やすことは許されませぬ。側室どもに孕《はら》む様子なければ、この母が新しい女を捜して参りますゆえ」

「お願いいたしまする」

綱重がうれしそうにほほえんだ。

「女もよろしゅうございまするが、ご体調にはお気をつけなされませ。今の上様は少々お弱いとのこと。万一があれば、若君さまが江戸城の主となられるのでございまする。毎日医師を招き、異常なきように万全をお尽くしくださいますよう」

「ご懸念にはおよびませぬ」

綱重付きの家老新見《にいみ》備中守正信《まさのぶ》が、横から口を出した。

新見備中守は、綱重の傅育《ふいく》係を任じられたのち、家老として仕えていた。

「そうか。備中守は忠義者であるな。家光さまも頼みに思われておられた」

「おそれおおいことを」

順性院の言葉に、新見備中守が恐縮した。

「では、右近衛中将《うこんえのちゅうじょう》さま。奥へ」

「そうか。今宵《こよい》は誰を相手にすればいい」

綱重が、新見備中守へ問うた。

「松さまは、障《さわ》りと聞いておりまする。他のお方ならば、どなたでも。お気に召した者がおりますれば、新しくお手をつけられてもよろしゅうございまする」

新見備中守が、述べた。

「新しい女もよいな」

立ちあがった綱重が、順性院へ顔を向けた。

「では、母上。わたくしは、これにて。また、お目にかかりましょうぞ」

近習《きんじゅう》に先導されて、綱重が出て行った。

「備中守」

にこやかに笑っていた順性院の表情が締まった。

「はい。お方さま」

新見備中守が、順性院へと向き直った。

「まだお子ができぬとは、どういうことじゃ。すでに若様が、女を知られて四年になるのだぞ。女どもに差し障りがあるのではなかろうな」

順性院が咎めた。

「医師に命じて、十分に調べた者ばかりでございまする。系統としても、母が四人以上の子を産んだ者だけを選んで、お側《そば》にあげておりまする」

「ならば、なぜ子ができぬ。若様に傷がないことはわたくしが見ておる」

新見備中守の言いわけを順性院は許さなかった。

「申しわけございませぬ。もう一度医師に確認を……」

「それよりも……」

順性院が、声を潜めた。

「みょうなことをいたしておる者などおらぬであろうな。いかに若様の子を孕んでも、流されてしまっては、どうにもならぬぞ」

「奥には、身元の知れた者しか入れておりませぬ。そのご懸念は無用かと」

自信ありげに新見備中守が言った。

「たわけ」

厳しい声で順性院が叱《しか》った。

「我らの手の者が大奥に何人おる。大奥は将軍家の私《わたくし》。伊賀者《いがもの》とお広敷に護《まも》られたところぞ。それでも、穴はある。家光さま最初のご側室六条の方が、お子をなされなかったこと、今の上様にお世継ぎがおできにならぬこと。大奥で実際にいたされているることぞ。上様が、館林が同様になさらぬという保証などあるか」

「まさか……」

新見備中守の顔から色が抜けた。

「ただちに、女どもの身元をもう一度確認いたしまする」

「急げよ。若君さまに何かあってからでは遅いのだ。そのときは、そなたにも責を負ってもらう。若君さまあっての新見家だと忘れるな」

「承知いたしておりまする」

小さく震えながら新見備中守がうなずいた。

「ところで、お方さま」

新見備中守が話を変えた。

「なんじゃ」

不満の残った口調で順性院が応じた。

「深室とかいう小納戸を引きこむ話はどうなりましたでしょうや」

「兵庫め、失敗いたしおったわ。手の者を失いながら、深室には傷一つつけられなかったという」

憎々しげに順性院が吐いた。

「それはいけませぬな。兵庫には荷がかちすぎましたようでございまするな」

小さな笑いを新見備中守が浮かべた。

「そなたならば、うまくしてのけると申すか」

「もちろんでございまするとも。吾が手には剣の名手が何名もおりまする」

誇らしげに新見備中守が述べた。

「やってみせるか」

「お任せを」

順性院の問いかけに、新見備中守が胸を叩いた。

「見事してのけよ」

「はっ」

新見備中守が頭を下げた。

「ところで、深室を排したあと、代わりの小納戸となる者は、大丈夫なのでございましょうや」

顔をあげて新見備中守が尋ねた。

「兵庫よ。代々の旗本ではあるが、立身出世の機会に恵まれず、鬱々《うつうつ》としておるでの。なにより、この妾《わらわ》に心酔いたしておる。一命に代えて大役を果たしてくれよう。褒美を先にくれてやればの」

「御身《おんみ》を……」

「口にいたすな」

冷たい目で新見備中守を順性院が叱った。

「もし、それでお方さまにお子がおできになられたら」

叱られたことを無視して、新見備中守が続けた。

「男子ならば、その子を若君さまの世継ぎにするのもよいな」

おもしろそうに順性院が笑った。

「上様を害した、謀反人の子が将軍になるか」

「…………」

新見備中守が息をのんだ。

「春日局さま以上よな。謀反人の娘を乳母として、傅育された家光さまが、三代将軍となられた。ならば、五代将軍となられた綱重さまの子、その実、父が四代将軍を討った者の子であったとしても、六代将軍となられてなんの問題もない」

　順性院の子とはいえ、徳川の血を引いていない者に将軍を継がせる。謀反どころの騒ぎではなかった。

「形だけ整っていれば、誰も文句はいわぬ。であろう、備中守。もちろん、その子の傅育はそなたに任せる。二代続いて将軍の傅《も》りを果たしたとあれば、新見家は、十万石。大老になっても不思議ではないの」

　艶《あで》やかな女の目で、順性院が新見備中守を見た。

「はっ」

　引き込まれたように、新見備中守も平伏した。

「では、朗報を待っておるぞ」

「順性院さま、わたくしにも……」

　立ちあがった順性院に新見備中守がすがった。

「なにか一つ手柄を立てて見せよ。若君さまにお子ができるか、深室を片付けるか、あるいは上様を……」

　順性院の目が光った。

「……………」

新見備中守が息をのんだ。

「なにも六代将軍の父が、さきほどの者でなくともよいのだ。そなたであっても妾はかまわぬ。いや、かえって好ましいぞ。女は頼りとなる殿方を常に求めておるものだからの」

「わ、わたくしが、将軍の父……」

「よいな」

「はっ」

深くに新見備中守が平伏した。

新見備中守が旗本から選ばれて綱重につけられたと同じく、他の家臣もその多くが幕臣であった。

「よく集まってくれた」

順性院と話した夜、新見備中守は、これと思う者たちを屋敷へと呼んだ。

「肚《はら》を割って語りたい」

新見備中守が口火を切った。

「貴殿たちは、いまの境遇に満足しておるのか」

「どういうことでござろうか、備中守どの」

家臣を代表した形で、一人が尋ねた。

「このまま直臣《じきしん》ではなく、陪臣の身分になりさがることへの否やはないのかと訊《き》いておるのよ」

ゆっくりと新見備中守が述べた。

「なにを言われるかと思えば。我らは、皆三河《みかわ》以来の旗本でござる。陪臣になるなどあり得る話ではござらぬ」

壮年の家臣が鼻先で笑った。

「佐藤。そなた、御三家のことを忘れておらぬか」

「御三家でござるか」

問いかけられた佐藤が首をかしげた。

「わからぬか。御三家の家臣どもも、もとは旗本であったろうが」

「あっ……」

言われた佐藤が、声をあげた。

「尾張の、紀州の藩士たちを、お主《ぬし》たちは見下しておらぬか」

「ううむ」

一同が唸った。

「なによりの例を示そうか。紀州家付け家老の安藤帯刀《あんどうたてわき》どのよ。初代安藤帯刀どのは、神君家康さまのご宿老として、駿府老中を務めておられた。駿府老中は、二代秀忠さまの江戸老中よりも格上とされ、相反する令が出された場合、駿府が優先された。これほどの権を持っていたにもかかわらず、家康さま亡き後頼宣さまへ領土ごと譲られた結果……今では江戸城に席さえ与えられぬ陪臣扱い」

「そうでござったな」

佐藤が苦い顔をした。

「綱重さまが、このまま別家なされれば、我らもそうなる」

確認のように新見備中守が告げた。

「先祖代々の名誉を、このまま失ってもよいのか」

「いや、それは困る。われらは将軍の直臣、旗本である」

若い家臣がいきり立った。

「小山《こやま》か」

新見備中守が目を細めた。

「では、どうすればいい」

案を求めるかのように、新見備中守が訊いた。

「役目を変えてもらう」

「その願いかなうと思うのか」

あきれたように新見備中守が言った。

「もし、そなたが辞すれば、代わりに誰かが任じられることになる。喜んでここへ来るやつなどおるはずもない。そのくらいのこと、執政衆が気づいてないはずなかろう。役目を離れるなど認められぬぞ」

「そのような……吾が代で直臣より落ちたとなれば、先祖に顔向けができぬ。だけではない、親戚一同からつまはじきにされてしまう」

佐藤が悲鳴をあげた。

直臣、陪臣の区別は、重かった。ことと次第によっては命を懸けねばならぬほど、武士にとって格とはたいせつなものであった。

「嫌じゃ」

「なんとしても陪臣になることだけは避けねばならぬ」

口々に一同が話し始めた。

「一つだけ、そうならぬ方法がある。どころか、より一層の出世ができる方法がな」

「備中守どの、それはどのようなことぞ」

小山が膝《ひざ》を進めた。

「ただ、少しばかり肚をくくってもらわねばならぬ。なにせ、起死回生の一手であるからの。神君家康さまにおける関ヶ原の合戦と同じほどの決意が必要だ。皆、覚悟はできておるか」

「もちろんでござる」

皆が首肯した。

「で、備中守どの、その手とは」

「綱重さまを将軍家にいただく」

「な、なんと」

「それは……」

集まっていた全員が驚愕《きょうがく》した。

「謀反を起こすおつもりか」

顔色を変えて佐藤が糾弾した。

「忠長さまの二の舞になるのはご免ぞ」

「一族郎党まで罪にまみれるではないか」

口々に非難を叫ぶ一同を、新見備中守はさめた目で見ていた。

「備中守どの、話はこれまでとさせていただく。ごめん」

巻きこまれてはかなわないと、何人かが立ちあがった。

「残念だの。綱重さまが五代さまとなられることはすでに決まっておる。出世を目の前にして去るとは」

淡々と応えた新見備中守に、出て行きかけた連中の足が止まった。

「もちろん、綱重さまが五代さまとなられたあかつきには、貴殿たち離脱組にどのような処断を下されるか……」

新見備中守が脅した。

「決まっているとは……」

立ちあがらなかった小山が、首をかしげた。

「賛同されぬ面々が去られてからお話しいたそう。順性院さまもご存じのことである。どうした。かかわりたくないのであろう。さっさと行かれよ」

嘲笑《ちょうしょう》を浮かべた新見備中守が、立っている家臣たちを促した。

「お待ちあれ」

先頭に立っていた佐藤が、もとの座へ戻った。

「お話だけでも伺おう」

「そうじゃな」

部屋を出かけていた数名が、腰をおろした。

「甘いことを言うな」

不意に新見備中守がしかりつけた。

「腰の据わらぬ者どもは、綱重さまの側近として好ましからず。先ほど座を蹴《け》った者どもの顔は覚えた。のちほど綱重さまに申しあげ、それ相応の対応をお願いする」

「それは……」

佐藤が絶句した。

身分はまだ旗本籍であるとはいえ、主君は綱重になっている。綱重を怒らせれば、改易切腹を命じられかねなかった。

「綱重さまも、主君として仕え、心底の忠義を捧げてくれる者なればこそ、ご信頼くださされる。謀反と聞いただけで逃げ出すような輩《やから》など、不要と仰せられるに違いない」

新見備中守が、追い討った。

「……………」

声も出なかった。このまま出て行って、幕府へ綱重に謀反の心ありと訴えたところで、相手にされないのはわかりきっていた。

「由井正雪ごとき浮浪ならば、密告ていどで町奉行や目付が動こう。だが、綱重さまは、家光さまのお子さまである。話だけで、どうにかできると思うな。かえって誣告《ふこく》として、その身に罰が下るぞ」

「そのようなつもりは……」

蒼白《そうはく》となった佐藤が首を振った。

「では、綱重さまへ絶対の忠誠を捧げると申すか」

「もちろんでござる」

「当然のこと」

逃げだそうとしていた連中が、大声で誓った。

「ならば、よろしかろう」

もう一度全員を睥睨《へいげい》して、新見備中守が首肯した。

「で、綱重さまが五代さまになられるとのお話は」

小山が急かした。

「上様は、蒲柳《ほりゅう》の性質《たち》であらせられる」

「たしかに」

家綱が虚弱なことは、誰もが知っていた。

「大奥へお入りになられることも少なく、まだお子さまがお生まれにもなっておらぬ」

「…………」

一同が静聴した。

「上様にお子さまなきとき、どなたがお世継ぎとなられる」

問いかけるように新見備中守が言った。

「そう。綱重さまじゃ。御三家方ではないぞ」

新見備中守が語った。

「よいか、謀反など起こさずとも、綱重さまはこのままあられるだけで、五代将軍さまになられるのだ」

「待たれよ、備中守どの」

落ち着いた佐藤が口を挟んだ。

「たしかに上様はご病弱ではあるが、お伏せになられているわけではない。また、大奥へのお通いがあまりないとはいえ、ご寵愛のある側室もおられる。いつなんどきお子さまがおできになるやら、わからぬではないか。そうなれば、綱重さまの五代さまご就任はなくなる」

「もっともな疑問じゃ」

大きく新見備中守が首肯した。

「お子さまができぬとわかっていたらどうする」

「どういうことでございまするか」

小山が首をかしげた。

「大奥には、女を孕ませぬ方法があるという」

「えっ」

ふたたび部屋に驚愕が満ちた。

「まさか……」

佐藤が声を震わせた。

「違うぞ。当家からはいっさい手出しはしておらぬ。ただ、詳細は儂《わし》も知らされておらぬゆえ、説明のしようがないのだが、順性院さまはご存じである。大奥ができて以来の伝統だそうだ」

「子をなさぬのが、伝統でございまするか」

「大奥は女だけ。男は上様だけじゃ。男子禁制、これが厳格でなければならぬ理由はわかろう」

「……大奥は、将軍家の私《わたくし》。そこに住まう女どもは、すべて上様のもの」

目のあった小山が答えた。

「すなわち、大奥で孕んだ女があれば、それはすなわち上様のお種」

「成りたたぬのではございませぬか」

新見備中守の言葉に、佐藤が異議を唱えた。

「大奥の女中どもは終生ご奉公とはいえ、宿下がりもいたしますれば、代参に出ることもございまする。その先で男と閨《ねや》を共にせぬとはかぎりませぬ」

「なればこその、手立てよ」

「順性院さまよりお教えいただいたのだが、大奥の外で上様以外の男と身体を重ねた女は、戻り次第名乗り出て、薬をもらわなければならぬしきたりだとか」

また聞きだがと断って、新見備中守が述べた。

「薬でござるか」

「この薬が上様お渡りのあった側室方に処されているとしたら……」

新見備中守が途中で言葉をきった。

「上様にお子はできませぬ」

「となれば、次の将軍には綱重さまが選ばれよう」

断じる新見備中守に、佐藤が待ったをかけた。

「お子さまができぬのはわかり申した。ですが、なぜ、そのようなことをしているのかが、わからぬ。上様のお血を引いたお子を生まれる前に流すなど、許されることではござらぬぞ」

「春日局さまのご遺志とのみ聞いておる」

「……春日局さま」

新見備中守の答えに、佐藤は黙った。

幕府にとって、春日局は神君家康公の次ともいわれるほど重要な人物であった。その権は老中をしのぎ、松平伊豆守や阿部豊後守を子供扱いしたほどであった。

「では、大奥のことは置く」

立ち直った佐藤が、続けた。

「我らが集められた理由をお話し願いたい。綱重さまが、支障なくお世継ぎさまになれるならば、我らの役目はないはず」

「もっともな疑問である。皆に集まってもらったのは、綱重さまがお世継ぎとなられることに反発する者へ対抗してもらうためじゃ」

「綱重さまのじゃまをいたす者がおると言われるか」

小山が腰を浮かせた。

「うむ」

重々しく新見備中守がうなずいた。新見備中守は、たくみに話をずらした。家綱が生きているかぎり綱重に将軍の座はまわってこないのだ。新見備中守は、家綱の命を奪う企《たくら》みを隠した。

「我らが綱重さまについたと同じく、上様へついた者よ。その者たちは、当然、五代さまに上様のお血筋を担ごうと考えておる。でなくば、己の栄達は終わってしまうからな」

「敵は、旗本だと」

小山が確認した。

「そうじゃ。そして最初に滅ぼすべき敵は……小納戸役深室賢治郎」

新見備中守が宣した。

「ご一同、一度顔を見ておかれるように。登城のおりでもな」

「承知」

佐藤たちが首肯した。

四

「そうか、ご苦労であった。寛永諸家系図伝には思いいたらなんだ」

月代を剃られながら家綱が報告を受けた。

「稲葉、堀田と春日局か。それがどう紀伊大納言の言う、徳川も源氏でござればにつながるというのだ」

家綱が首をかしげた。

「かろうじて春日局を知っているが、躬《み》が物心ついたときには、すでに死の床にあった。言葉を交わしたことはあると思うが、覚えておらぬわ」

「はい」

賢治郎も首肯した。

「一つ気になるといえば……」

「はい」

「堀田備中守正俊をなぜ父は春日局の養子にしたのか」

春日局には、歴代の乳母と比べて破格の三千石が与えられていた。跡継ぎがないままに春日局が死亡すれば、この三千石は幕府へ収公される。嗣子《しし》なきは断絶が幕法である。

「なにも血のつながっていない堀田備中守などを選ばずとも、春日局には、正勝、正利という実子があったのだ。ともに召し出されていたとはいえ、子には違いない」

「上様、一つお教え願ってよろしゅうございましょうか」

手を止めて賢治郎は訊いた。

「申せ」

「大奥のお女中方には、御上から禄米《ろくまい》が給付されておりまする。しかし、春日局さまだけは領地を与えられておられる。これは、乳母さま方には慣例なのでございましょうか」

「いいや」

家綱が首を振った。

「躬の乳母である矢島局は、無地であるぞ。それに祖父秀忠さまの乳母であった岡部氏も無地であったと聞く」

無地とは、領地を与えられていないとの意味で、奥女中としての給米はなされていた。

「では、お乳母さまのご縁者はいかがでございましょう。春日局さまの嫁ぎ先、稲葉家、その縁者である堀田家のように重用されておりましょうか」

「祖父秀忠さまの乳母岡部氏については、躬もよくわからぬ。あとで調べさせておこう。矢島局は、牧野因幡守《まきのいなばのかみ》が家中《かちゅう》の出。徳川からはなにもしておらぬはずじゃ」

「それは、またずいぶんと扱いが違いまする」

「じゃな。躬ももう少し矢島局へ気を遣ってやらねばならぬ」

あらためて気づいた家綱が苦笑した。

「しかし、春日局の一族が栄華はすさまじいな」

家綱が真顔になった。

「堀田家も稲葉家もともに譜代ではございませぬ。なのに、執政までのぼっておりまする」

「異様な。いかに父家光さまのお気に入りであったとはいえ、松平伊豆守や阿部豊後守らより厚遇されたというのは、みょうな」

「はい」

「そこになにかあるか。しても難題じゃ」

なかなか進まぬ調査に家綱が焦《じ》れた。

月代御髪係の任は、朝の半刻（約一時間）ほどで終わる。残りは、下部屋に籠《こ》もるだけであった。

下部屋は、老中を除いて基本、お役ごとに一つ与えられた。当番だけしかいないこともあって、小納戸の下部屋は十分な余裕があった。

小納戸は将軍の身のまわりを世話するのが仕事である。着替え、洗面の手伝い、食事、夜具の用意など、それぞれに分業されている。

朝だけしか仕事のない月代御髪番と違い、他の小納戸は、一日に何度か将軍御座の間へ出向いた。

昼餉《ひるげ》にあたる刻限、賢治郎を除いた小納戸は、役目を果たすために出払っていた。

「……ふう」

一人になった賢治郎は、ため息をついた。

屋敷から持ってきた弁当は、さきほどすませた。小納戸の下部屋には、白湯《さゆ》の用意がされていた。夏でも火鉢があり、その上で薬缶《やかん》が置かれている。

薬缶の水は、ときおり回ってくる御殿坊主が補給してくれるので、出歩く必要はまったくない。

「源氏か」

賢治郎はつぶやいた。

有り余る暇は、沈思に向いていると思われがちだが、かえって集中しにくく、考えが散漫となりやすかった。

「紀州大納言さまは、なにを思って源氏と口にされたのだ」

源氏など幕府に腐るほどいる。老中松平伊豆守もそうだ。

「いや、吾も一応源氏であるな」

松平氏の出である賢治郎は本姓源氏である。もっとも今は養子となった深室家の藤原氏と名乗るべきであったが、泰平の時代、あらためて本姓を問われることも、語る必要もなかった。

「氏としての源《みなもと》ではないとすれば……」

白湯をすすりながら賢治郎は考えた。

「源氏でなければ征夷大将軍《せいいたいしょうぐん》にはなれぬ。しかし、古《いにしえ》には源氏以外の征夷大将軍はいた」

坂上田村麻呂《さかのうえのたむらまろ》、藤原忠文《ふじわらのただふみ》など、源氏以外の征夷大将軍もいた。

「それが源氏でなくばならぬとなったのは、鎌倉に幕府を開いた源頼朝公以来である」

賢治郎は独り言を口にしながら、考えをまとめようとしていた。

「従二位、征夷大将軍、右近衛大将《うこんえのだいしょう》、淳和奨学両院別当《じゅんなしょうがくりょういんべっとう》、内大臣、右馬寮御監《うめりょうごげん》、源氏の長者《ちょうじゃ》。これが家綱さまの正式な官職」

懐紙に賢治郎は筆を走らせた。

「ここにも源氏の長者というのが出ている。源氏の長者とは、源氏を代表する者という意味だ」

代々の将軍は征夷大将軍と源氏が切り離せないと証明するがごとく、源氏の長者との名乗りを朝廷から受けた。

「わからぬ」

気分を変えるべく、賢治郎は下部屋を出た。

役目が終わったからといって下部屋に閉じこもっていなければならないわけではない。しかし、頻繁に出入りしては、他の役人たちのじゃまになる。役のすんだ者は、用便などやむを得ない事情以外で、出歩かないようにするのが慣例であった。

「どちらへ」

下部屋を出たところで、賢治郎はさっそく御殿坊主から声をかけられた。

「小便でござる」

賢治郎はそう答えた。

「さようでございましたか」

つまらなさそうに御殿坊主が返した。

御殿坊主は、江戸城内の雑用を一手に担っていた。下部屋の薬缶の水がなくなったからといって、小納戸役が勝手に台所へいくことは許されていなかった。台所には、専門の役人がいて、そのすべてを仕切っている。そこへ他役の者が入ることは、軋轢《あつれき》を生みかねない。しかし、武士身分でない御殿坊主は、端《はな》から相手にされていないので、問題とならないのだ。御殿坊主は道具扱いしかされていない証《あかし》でもあった。

だが、これは、大きな役得を生んだ。

諸役人、諸大名は、城中でなにかしたくなれば、御殿坊主に頼むしかないのである。当然、用を頼めば、なにがしかの礼をしなければならない。

もちろん、なにもしなくてもよいのだが、そうなれば、御殿坊主も動かない。御殿坊主の機嫌を損ねれば、百万石の前田家も、老中も茶一杯飲めないのだ。禄の少ない御殿坊主は、この役得で生きている。なればこそ鵜《う》の目《め》鷹《たか》の目《め》で、用事を探し、金をもらおうとしていた。

利を生まないとわかったとたん、御殿坊主の意識は賢治郎から離れた。

「あからさまな」

苦笑しながら、賢治郎は歩き始めた。

昼餉を終えて職場へ戻る者、遅めの食事を摂《と》るために下部屋へ入る者と、正午を過ぎたばかりの下部屋は、多くの役人の出入りで賑《にぎ》わっていた。

賢治郎は役人たちと行き交うたびに、軽く黙礼しながら、下部屋の突き当たりにある厠《かわや》へと向かった。

江戸城内の厠は、数人が並んで用を足せる小便用と、大便用の個室二つからなっている。将軍の便所は畳敷きであるが、役人用は板敷きで、壁際に設けられた溝へ向かって放尿するようになっていた。

袴《はかま》の横に作られている隙間《すきま》から手を入れて、己のものを取り出す。身体を右に傾けないと小便を溝へ流すことが難しい。

右半身になった賢治郎は、己の後から入ってきた人物を見て目をむいた。

「伊豆守さま」

用便をしに来たのは、老中松平伊豆守信綱であった。老中の下部屋もこの並びにあることを、賢治郎は思い出した。

「うむ」

声をかけられた松平伊豆守が賢治郎を見た。

「そなたは……お花畑にいた松平賢治郎か」

松平伊豆守が、目を細めた。家綱の傅育を家光から命じられたのは、阿部豊後守であったが、毎日のように西の丸へ出入りしていた松平伊豆守も賢治郎の顔を見知っていた。

「今は深室賢治郎と申しまする」

小便を途中で止《や》めるわけにはいかなかった。そのままの姿勢で賢治郎は名乗った。

「ほう。養子にでたか。それは重畳《ちょうじょう》。旗本たる者、家を継いで初めて一人前じゃ」

ごそごそと松平伊豆守も小便の準備をし始めた。

「ご無礼を」

「厠のなかに礼儀礼法もあるまい」

小便をしながらの賢治郎を、松平伊豆守は気にせず、用を足し始めた。

「今は何役を相勤めておる」

「お小納戸で月代御髪をいたしておりまする」

「お髷番か。それはたいせつなお役目だが……そなたの里、松平の家格から行けば、お小納戸より小姓あるいは、書院番あたりになるのが、慣例であろう」

松平伊豆守が首をかしげた。

「深室は六百石でございますれば」

「六百石……そうか、留守居番の深室作右衛門か」

すぐに松平伊豆守が気づいた。

「なるほどの。格があわぬ家への養子……そういえば多門が死去したと聞いた覚えがある。実家は誰が継いだ」

知恵伊豆と言われただけあった。松平伊豆守がいろいろなことをつきあわせ始めた。

「兄主馬が家督を継いでおりまする」

苦い顔で賢治郎は答えた。

「まだ無役じゃな。その名前に覚えがない」

「はい」

「将軍の覚えめでたい弟を遠ざけたか」

「…………」

小便を終えた賢治郎は、黙って後始末をした。

「不服か」

松平伊豆守が賢治郎の表情を読んだ。

「……いえ」

賢治郎は否定した。

松平伊豆守も用を足し終えた。

「歳《とし》を取ると、小便が近くなって困る。家光さまのころは、一日御用部屋から出ずとも我慢できたのだがな」

衣服を整えながら、松平伊豆守が言った。

「おい」

松平伊豆守が両手を差し出した。

「あっ。ただちに」

あわてて賢治郎は、手水鉢《ちょうずばち》に置かれた柄杓《ひしゃく》を取り、松平伊豆守の手へかけた。

「少しつきあえ」

松平伊豆守が、辞去する機会を見失っている賢治郎に命じた。

「は、はあ」

急いで己の手を洗った賢治郎は、先に立つ松平伊豆守についていった。

「入るがよい」

「よろしいのでございまするか」

松平伊豆守が示したのは、老中の下部屋であった。

「余一人しかおらぬ。遠慮は不要じゃ」

下部屋は老中のみ一人一室が与えられた。

「ですが、御用でお忙しい……」

「忙しいわけなどなかろう」

先に入った松平伊豆守が頰《ほお》をゆがめた。

「長きの功績と慰労をかねて、老中筆頭の役目を外す。いかにも余を労《ねぎら》ってくれるような理由だが、そのじつは、余から権を取りあげたかっただけよ。老中次席とは名ばかり、今の余は御用部屋に居る場所さえない厄介者《やっかいもの》なのだ」

「そのようなことがあろうはずもございませぬ。伊豆守さまあっての御用部屋ではございませぬか」

子供のころ家綱の側にいたこともあり、賢治郎は松平伊豆守の手腕を間近で見ていた。

「功労はもう要らぬのだ。余は家光さまの執政であって、家綱さまの政《まつりごと》を担う者ではない。今の老中どもにとって、余は煙《けむ》たいだけなのだ。知恵伊豆の名前など、あやつらにとっては邪魔なだけということだな。しかし、辞めさせることはできぬ。さすがに余を排するのは、露骨に家光さまを過去とすることになるからな」

松平伊豆守が自嘲《じちょう》した。

「さっさと入れ。いつまでも襖《ふすま》を開けたままにするな。余が暇をもてあましていると、他の者どもに知られるではないか」

「申しわけございませぬ」

叱られた賢治郎は、襖を閉めた。

「座れ。坊主は呼ばぬゆえ、茶は出さぬ」

「おそれいりまする」

襖際に賢治郎は座った。

「話せ」

短く松平伊豆守が告げた。

「お耳障りでしょうが……」

なにを求められているかがわからないほど、賢治郎は世間知らずではなかった。お花畑番を降りてからのすべてを賢治郎は語った。ただし、家綱の命については、口にしなかった。

「部屋住みお召しか。なるほど、さすがは家綱さま。お髷番にそなたほどの適任はあるまい」

松平伊豆守が、家綱の意図をくみ取った。

「備中守どものおよぶところではない」

ひとしきり松平伊豆守が感心した。

「上様より、なにを命じられたかは訊かぬ。手伝うことはあるか」

松平伊豆守が真顔になった。

「…………」

賢治郎は黙った。

「心配するな。余はすでに己のときがすんだことを知っておる。これから先、余が御用部屋の主として返り咲くことは二度とあるまい。いや、政にかかわることさえできまい」

さみしそうに松平伊豆守が笑った。

「家光さまのお供をするべきであったかと、最近とみに思うようになった。堀田加賀守正盛のように、殉じておけば、このような想いをすることもなかったであろうともな」

　寵愛もっとも優れた者と言われながら、松平伊豆守は家光に殉死しなかった。堀田加賀守が死んだこともあって、松平伊豆守を未練者、軟弱者と非難する声はかなりあった。

「家光さまより、余となら阿部豊後守は殉死を禁じられたのだ。家綱さまが将軍として十分な貫禄を持つまで、補佐せよと我らは命じられ、恥を忍んで生きてきた。だが、新しい執政衆にとって、先代の寵臣ほど目障りなものはおらぬ。阻害されて、この有様《ありさま》だ」

「………」

　どう応えていいのか、賢治郎にはわからなかった。

「今の余に残されたものは、家綱さまのご成長のみ。家光さまのもとへ参じたとき、よきお話ができる。それだけが望みなのだ」

　しみじみと松平伊豆守が言った。

「……春日局さまについて、お教え願えませぬか」

　賢治郎は悄然《しょうぜん》としている松平伊豆守の姿を見て、思わず口にしてしまった。

「春日局さまか。履歴も要るのか」

「いいえ」

賢治郎は首を振った。

「お人柄などをお願いいたしまする」

「人柄か……一言で告げるとすれば、恨みの人よ」

「恨みでございまするか」

松平伊豆守の言葉に、賢治郎は首をかしげた。

「生い立ちから考えてみるがいい。春日局、いや、斎藤福は、明智光秀の与力、斎藤内蔵助の娘として生まれた。もし、光秀が本能寺の変を起こさなければ、福は織田家配下の大名、その姫として穏《おだ》やかな生涯を過ごせただろう。あるいは、光秀の謀反が成功していれば、斎藤内蔵助は大大名となっていたはず。当然福の身分もあがったであろう。それが、山崎《やまざき》の合戦に敗れたがために、親兄弟を失い、頼った先では余計者扱いを受け、成長したとたんに養女として追い出されたばかりか、歳上の男のもとへ、後妻としてやられる。そこに福としての希望はどこにもはいっていない」

「たしかに」

読んだ寛永諸家系図伝に書かれていたことだ。賢治郎は同意した。

「それでも嫁いだ夫がよければ、辛抱《しんぼう》もできたであろう。しかし、夫稲葉正成は、子を産ませるだけで、生活を顧みないどころか、万石の禄を失い浪人してしまう。そのくせ、女にだけは手を出す」

松平伊豆守が述べた。

「寛永諸家系図伝を見たか」

「はい」

確認に賢治郎は首肯した。

「あれにのっている春日局の次男、正利だがな。あれは春日局の子供ではない」

「えっ」

「気づいていなかったのか」

驚く賢治郎に松平伊豆守があきれた。

「正利の系譜を見れば、わかるだろうが。忠長さまにつけられただけでもおかしいのに、配流ののち、いまだご赦免がない。ましてや、春日局から熊本藩細川家へ、正利に自害を勧めてくれと手紙を出すほどだ。春日局が産んだ嫡男正勝が、小田原八万五千石の主として、老中まで出世したのに比して、あまりではないか」

「さようでございまするな」

賢治郎の疑問が一つ解けた。

「大名家で生まれた子供は、すべて正妻の子として届け出るのが、慣例。春日局は夫稲葉正成が他所《よそ》で産ませた子供を我が子として届け、育てた。妬心《としん》のない女はおらぬという。春日局は妬心が他人より強かったのだろうな。正利を我が子としておきながら、あからさまに差別した」

「なるほど」

納得した賢治郎は、もう一つの疑問を松平伊豆守へ投げかけてみた。

「堀田備中守正俊どのをご養子になされたのはなぜでございましょう。春日局さまが恨みのお方ならば、堀田さまは、憎き夫の浮気相手が産んだ娘の孫。嫌いこそすれ、かわいがることなどございますまい」

堀田備中守正俊の父正盛は堀田正吉と稲葉正成の娘万との間に生まれた。堀田備中守は春日局から見ると血のつながらない義理のひ孫にあたった。

「わからぬか。正利の逆を考えよ。そのくらいのことができずば、上様のお手伝いなどできぬぞ。よいか、堀田家がこれほど重用されたのは、万が春日局の実子だからよ」

「そんな……歳があいませぬ。万どのは、春日局さまが家光さまのもとへ乳母としてあがられてから生まれたと……まさか……」

賢治郎は絶句した。

「うむ。万は、春日局と神君家康さまの子じゃ」

淡々と松平伊豆守が告げた。

第五章　智者の悔

一

「順性院さまも少し大人しくしていただかねば困るの」

奏者番堀田備中守正俊が、眉をひそめた。

「あまりに目立つようなまねを続けられては、さすがに」

用人田岡源兵衛《たおかげんべえ》も同意した。

「いまだ余は、権を振るえる地位にない」

堀田備中守が首を振った。

奏者番は、すべての役職への出発点であった。奏者番から寺社奉行、若年寄から大坂城代や京都所司代を経て、老中へあがっていく。譜代大名の出世は、その多くがこの形を取っていた。

「ご心配にはおよびませぬ。殿はそのあたりの譜代大名とは格が違いまする」

「表に出せぬ格に頼るのは、やめておくべきだ」

若い堀田備中守は潔癖な態度で首を振った。

「なりませぬ」

田岡がきつく言った。

「ご出世なさらねば、先代加賀守正盛さまの殉死が無駄になりまする」

「……ううむ」

父正盛の名前を出された堀田備中守が詰まった。

「殉死される理由など、先代さまにはなかったのでございまする。それをあえてなされたのは、考えられぬほどの出世をしたご自身の出自を隠すため。家光さまの男色相手という隠《かく》れ蓑《みの》をまとわれるため。また、そうすることで殿やご一門の方々をお守りになられた」

初老の用人は、堀田加賀守正盛の家臣であった。加賀守正盛の殉死によって、それぞれの子供が取り立てられたとき、堀田備中守の傅育係をかねて付いてきた。田岡は、潔く腹を切った加賀守正盛を盲信していた。

「わかっておる」

堀田備中守が苦い顔をした。

「殿は、かならずや御上のすべてを握られねばなりませぬ」

田岡が念を押した。

「それは余の願いでもある。松平伊豆や阿部豊後のような、古き世代の執政に、いつまでも幅をきかされてはたまらぬ。新しい御代《みよ》は、若い者のものである。戦《いくさ》を知らぬと古老たちは、我らのことを子供扱いするが、この太平の世で戦働きの経験がどれほど役にたつというのだ。政《まつりごと》もうつろうもの。それをわからぬ頭の固い連中に負けていては、幕府は前へ進めぬ」

「お覚悟のほど拝聴つかまつりましてございまする」

頭を下げて、田岡が満足そうに笑った。

「そのためには、足を引っ張る者をどうにかせねばならぬ」

「はい」

首肯《しゅこう》した田岡が続けた。

「順性院さまをどうにか……」

「それはならぬ。たしかに障害ではあるが、春日局さまのお考えに背く」

堀田備中守が否定した。

「では、このまま……」

「いいや。このまま放置しておいては、どこまで順性院が行くかわからぬ。余りやり過ぎると、綱重さまの評判にもかかわる」

ふたたび堀田備中守が首を振った。

「では、いかがいたしましょうや」

田岡が問うた。

「順性院の目障《めざわ》りは、あの小納戸なのであろう」

「そのように山本兵庫が申しておりました」

確認する堀田備中守へ、田岡が伝えた。

「兵庫は、順性院さまにこだわりすぎる。お諫《いさ》めすることも臣のつとめ。諫言《かんげん》できてこそ、忠臣。迎合するだけの家臣は家を滅ぼす」

堀田備中守が苦い顔をした。

「さようでございまするが、いまさら兵庫を代えるわけにも参りませぬ」

「お付きは、お亡くなりになるまでしたがうのが慣例だからの」

「はい」

主従が顔を見合わせた。

「お広敷から順性院さま付きになるのは、左遷にひとしい。順性院さまが生きているかぎり、出世することはないのだからな。もっとも付いた先代の寵姫《ちょうき》の産んだ男子が将軍となれば、役目を果たした後、お広敷番頭や小納戸組頭へ転じることもある。まったくの閑職ではないが、ほとんどが無為に年数を重ねてしまう。野心ある者ならば決して望まぬお付きを兵庫は心底から願ったのだ。本人は満足なのだろうが……迷惑なことだ」

「一言申しますか」

「いや、いい。順性院さまのしていることは、やり方に問題があるとはいえ、綱重さまを将軍にするため。その動きに余が不満を持っていると順性院さまに知られるのは、よろしくない」

堀田備中守が止めた。

「女というのは、いつでも男を道連れに滅ぶ道を走れる。色恋以上に、子供がかかわると激しくなる。血の道に溺《おぼ》れた女と刺し違えるなど冗談ではない」

「浅慮《せんりょ》でございました」

あわてて田岡が詫《わ》びた。

「では、いかがいたしましょう」

「一度順性院の熱を下げておかねばなるまい。兵庫が狙《ねら》っておる小納戸は、なんと申したかの」

「深室賢治郎にございまする」

「であったの。その深室を排除してやれ。さすれば次の一手を考えることになろう。少しときができる。そのおりに意見をすれば効果もあろう。今のように頭に血がのぼっている状況で諭《さと》したところで、無駄じゃ」

訊《き》いた田岡に堀田備中守が答えた。

「当家から刺客を」

「たわけたことを申すな。そのようなまねをして堀田の名前が出てみよ。お小納戸をつとめる者は上様の寵臣《ちょうしん》。いかに、堀田家といえども無傷ではすまぬ。今の上様は、堀田家の成り立ちを知らぬのだぞ」

「申しわけございませぬ」

「気をつけてくれ。余の台頭を快く思わぬ者は、いくらでもおるのだぞ」

「はっ」

深く田岡が頭を下げた。

「では、いかように」

「由井正雪の一件があったことで、江戸に入ってくる浪人どもを、幕府は排除しようとしておる。しかし、それでも流入を防ぐことはかなわぬ」

「浪人どもを使うのでございますな。金で雇えば、こちらの名前が出ることはありませぬ」

すぐに気づかぬようでは、大名の用人などつとまらない。田岡がうなずいた。

「任せる」

どうしろと詳細な命を堀田備中守は下さなかった。

「承知いたしましてございまする」

田岡が平伏した。


松平伊豆守から話を聞かされた賢治郎だったが、それをただちに家綱へ伝える手段を持っていなかった。月代御髪係は、当番の朝だけしか将軍側《そば》に近づけないからである。

「困った」

今まで気づかなかったのが失策であった。いかに家綱から直命を受けているとはいえ、表向きはただの月代御髪係でしかない。

なにより家綱の命は秘さなければならないのだ。不意に家綱へ面会を求めることはできなかった。ましてや、余人を排してなど論外である。それこそ、普段の人払いにまで疑念がおよぶ。

「二日か」

家綱と顔を合わすのは、明後日の朝である。それまで貴重なときが無為に過ぎていくことになった。

「なにかできることはないか」

無駄な日を過ごすことに焦りを覚えた賢治郎は、唯一といっていい手がかりである順性院の姿を見るべく、桜田屋敷へと足を運んだ。

桜田屋敷は、家綱の弟綱重の居館として使用されていた。御三家の上屋敷にはおよばないが、十万石ていどの大名よりは大きな門構えを誇っていた。

「入るわけにはいかぬな」

紀州家のように名乗って通してもらうのは無理であった。捕らえられて乱心者として処断されるか、あるいは、表に出さず始末されることになりかねない。尼になったとはいえ、前将軍の側室が親戚でもない男と面会するなど論外であった。

「弱った」

賢治郎は桜田屋敷の門前で悩んだ。

「なにものだ、あやつは」

門前から動こうともしない賢治郎に、門番の注意が向いた。

「たった一人で、なにができるわけでもなかろうが、ちと気になるな」

もう一人の門番も賢治郎から目を離さなかった。

「お報《しら》せいたしておいたほうがよろしかろう」

門番の一人が、屋敷のなかへと消えた。

「どのようなやつじゃ」

屋敷のなかから用人が出てきた。

「あれは……」

潜《くぐ》り門《もん》に設けられた小窓から賢治郎の顔を見た用人が、息をのんだ。用人も新見備中守の会合に出席していた一人であった。

用人たちは、新見備中守の指示どおり先日早朝登城する賢治郎を確認していた。

「誰か、新見備中守さまへ深室が屋敷の前におりまするとお伝えして参れ」

あわてた用人が、命じた。

門番がふたたび駆けていった。

「深室だと」

数名の家臣が押っ取り刀で出てきた。

「まさに」

一同が顔を見合わせた。

「やるか」

「おう」

若い小山と一柳《いちやなぎ》が刀の柄《つか》に手をかけた。

「愚か者」

二人を佐藤が叱《しか》った。

「このような場所で刀を抜いてどうする。綱重さまのお名前が出ることになっては困るだろうが」

「では、どうしろと」

興奮した若い家臣たちは、おさまらなかった。

「屋敷を離れたところまで待てと申しておる」

佐藤が言った。

「なるほど」

「それならば」

血気にはやる若い家臣たちが、ようやく落ち着いた。

「おい、帰って行くぞ」

「見失うな」

家臣たちが、急いで潜り門を出た。

考えなしに桜田屋敷まで来た賢治郎は、あきらめて帰ることにした。

「そううまく姿を見られるはずもないか」

賢治郎は苦笑した。

「……うん」

少し歩いたところで、賢治郎は背中に人の目を感じた。

「後をつけられている……」

振り向く愚を賢治郎はおかさなかった。

「桜田屋敷からか。とすれば、あの兵庫とかいう男」

賢治郎が順性院のかかわりで見知っているのは、兵庫の顔だけであった。

「殺気が含まれている」

背筋の毛が逆立つような感触は、賢治郎にとって馴染《なじ》みのものであった。賢治郎の師厳路坊は、稽古《けいこ》でいつも本気の殺気を浴びせてきた。

「慣れておかぬと、強力な殺気を喰らったとき身がすくむ」

厳路坊は、賢治郎の教えにいつも実戦を想定していた。

「人の悪意というのは、下手な刀より恐ろしい」

殺気こそ、悪意の塊である。厳路坊の言葉が現実だと、賢治郎はここ最近身をもって知らされていた。

「あからさまな」

背後の殺気に、賢治郎は頰《ほお》をゆがめた。

殺気というのは、向けられている者だけではなく、近くにいる者へも圧迫を与える。

賢治郎の正面から歩いてくる町人たちが、顔色を変えて脇道へそれていった。

戦場往来の武者がまだ存命している寛文《かんぶん》である。江戸の町中で、武士同士の喧嘩《けんか》口論は珍しいものではなかった。また、武士に対抗すべく生まれた町人の伊達男《だておとこ》たちも、血の気が多く争闘をよく起こしていた。

大人しい町人たちは、巻きこまれて怪我《けが》でもしては大損と、かかわりを恐れて散っていく。旗本や藩士たちも同様である。幕府は私闘の禁止を触れている。見物していて、駆けつけた目付から、一味とまちがわれでもしたら、家に傷がつきかねなかった。

しばらくして、賢治郎の周囲から人気《ひとけ》が消えた。

「このまま屋敷へ連れて帰るわけにもいかぬ」

屋敷近くでの争闘は、深室家に波及するやも知れない。賢治郎は機をはかった。

二

「あそこでいいか」

大きな大名屋敷が二つ並んだ隙間《すきま》、辻《つじ》というにはいささか狭い路地へ、賢治郎は飛びこんだ。

「気づかれたぞ」

「逃がすな」

後をつけてきていた家臣たちも続いた。

「あっ」

先頭を切って曲がった小山が足を止めた。

辻の角から五間（約九メートル）ほどのところで、賢治郎が待ち伏せしていた。

「拙者に御用か」

賢治郎は声をかけた。

「小納戸深室賢治郎だな」

小山に続いてきた若い家臣が念を押した。

「いかにも。上様のお側で御用をつとめる深室である」

わざと家綱の名前を出して、賢治郎は牽制《けんせい》した。

「うっ……」

数人の家臣が一瞬たじろいだ。

「なにをしている。今しかなかろうが」

最後尾の佐藤が声をあげた。

「そうであった」

最初に小山が、太刀《たち》を抜いた。

「死んでもらおう」

若い家臣も太刀を青眼《せいがん》にとった。

「こちらを名乗らせていながら、問答無用か」

白刃を抜いた相手に、話し合いを求めるのは愚でしかない。武士の戦いは一度始まった以上、どちらかが地に伏すまで終わらない決まりであった。

逆に言えば、抜くには、人を殺すか殺されるかの覚悟が求められた。

「ならば……」

賢治郎は脇差《わきざし》を鞘走《さやばし》らせた。

「小太刀か」

見た小山が、笑った。

刃渡りで脇差は太刀に劣る。戦場で刀より槍《やり》が重視されたように、得物《えもの》の長さは戦いを左右する大きな要因であった。

「…………」

無言で賢治郎は切っ先を下段へ変えた。

上段では、どうしても間合いの長い得物に有利となる。ただ、上からの攻撃は、頭、首、腕の三カ所へ来るのが多い。対して下段は、腿《もも》、腹、腕となりやすい。

下段の狙い三カ所は、相手が出てきてくれれば、頭や首よりも近くなるのだ。踏みこんだ足、振り下ろされた腕は、もとよりそれが持っている長さのぶんだけ、脇差の切っ先に近くなる。また、上段の太刀を振り下ろすとき、どうしても己の目を遮《さえぎ》るのに対して、下段にはない。

「りゃあ」

相手の出方をうかがうことに慣れていない若い家臣が、走りながら賢治郎へと襲いかかった。

「しゃ」

小さく気合いを吐いて、賢治郎は腰を落とし、脇差を水平に薙《な》いだ。

「ぎゃっ」

すねを割られて若い家臣が、転がった。

「こいつ……」

小山が、踏み出しただけ近づいた賢治郎目がけて、太刀を落とした。

「えいっ」

腰と膝《ひざ》を深く曲げた体勢から、賢治郎は一気に上へと身体を伸ばした。

「うわっ」

急に間合いを詰められた小山が、戸惑った。

「せいやあ」

大きな気合いとともに、賢治郎は脇差を振りあげた。

二人が交錯《こうさく》した。

音を立てて重いものが落ちた。

「えっ」

小山の身体が右へとよろめいた。

「……小山」

佐藤が絶句した。

「手、手が……」

震える声で佐藤が指摘した。

「……な、ない。ああああああ」

己の手を見た小山が絶叫をあげた。

賢治郎が脇差で小山の左腕を手首から斬り飛ばしたのだ。

柄を摑《つか》むのは左手である。左手を失った小山は、振った剣の重さに耐えきれず、手放していた。先ほどの音は、離れた剣が地に落ちたときに発したものであった。

「あっという間に二人も……」

佐藤が息をのんだ。

「どうする」

少し間合いを取って、賢治郎は口を開いた。

最初に力を見せつけ、相手の動揺を誘ったところで、交渉する。

多人数と戦うときの心得の一つであった。

本来数の多寡は、絶対にこえられない力の差でもあった。いかに名人でも、同時に四人から襲われれば、対応は難しい。一対二以上の戦いでは、どうやって一対一ずつにもちこむか、それが生死を分けた。

賢治郎は、戦いの場を狭い路地にすることで、背後から襲われる心配をなくしたうえ、一対一でしか、かかってこれない状況を作っていた。

「いまなら、二人とも助かるぞ」

うめいている二人へ、一瞬、賢治郎は目をやった。

「ううむ」

佐藤がうなった。

「よいのか。ここでときを喰《く》っていれば、いつか他人目《ひとめ》に付く。甲府さまのお名前が出るはめになるぞ」

賢治郎は切り札を出した。

「佐藤どの」

残っている家臣の一人が、気弱な声を出した。

「わかった。ここは退《ひ》いてやる。去れ」

苦渋の声で、佐藤が賢治郎へ手を振った。

「賢明な判断だ」

懐《ふところ》から鹿皮を出して、刀身に磨きを入れながら、賢治郎はゆっくりと後ろへ下がった。

「覚えておれ。次はかならず」

佐藤が捨《す》て台詞《ぜりふ》を吐いた。

「それを負け犬の遠吠《とおぼ》えと言う」

不意に賢治郎の背後から声がした。

「なにっ」

賢治郎はあわてて振り向いた。前方に注意を向けていたとはいえ、まったく気配を感じなかった。

七間（約十二・六メートル）ほど離れたところに、壮年の浪人者が立っていた。

「見逃してやると申していたが、それは、おぬしたちのほうであろう。二人ともやられたのだ」

今度は佐藤の後ろから浪人が現れた。

「何奴《なにやつ》」

佐藤も驚いて後ろを見た。

「安心せい、少なくともお主たちの敵ではない。味方とも言えぬがな」

笑いながら佐藤の後ろから来た浪人が言った。

「深室賢治郎どのだな」

壮年の浪人者が、問うた。

「ああ。確認しただけでな。返答は要《い》らぬ。ずっと見ておったでな」

答えようとする賢治郎を浪人者が制した。

「お初にお目にかかる。相模《さがみ》と申す」

「相模……」

賢治郎は眉をひそめた。

「拙者は但馬《たじま》でござる」

佐藤の後ろにいた浪人も名乗った。

「偽名か」

「親からもらった名前は、とうの昔に摺《す》り切れてしまってな。今では、これが本名同然でござる」

相模が小さく笑った。

「で、拙者に何用だ」

「訊かずばわからぬか」

但馬があきれた顔をした。

「貴殿の首に十両という大金がかけられてな」

「十両……」

職人の手間賃が一日で二百文ほどなのだ。一両が四千文とすれば、十両はじつに二百日分にあたる。慎《つつ》ましく生活すれば、一年生きていけるだけの金であった。

「田を耕すことも、ものを作ることも、売り買いすることもできぬ浪人にとって、金を稼げる数少ない機会でござれば、貴殿には申しわけないが、お命をいただきたいと参上つかまつったしだいでござる」

ていねいに相模が説明した。

「ということでな、邪魔だ」

呆然《ぼうぜん》としている佐藤の肩を、但馬が引いた。

「な、なにをする」

大きくよろめいた佐藤が、憤《いきどお》った。

「怪我《けが》をした仲間を連れて、さっさと去れ。きさまらなど、障害にしかならぬ」

「なんだと」

残っていた若い家臣が、怒りを見せた。

「五人がかりで一人をやれぬ。どころか、二人を斬られてしまった。気づいていないのか、貴様らは」

不思議そうに但馬が首をかしげた。

「な、なににだ」

佐藤が虚勢を張った。

「手加減されたことにだ。あの二人とも、命に別状はない。ともに二度と戦えはしないだろうがな」

但馬が説明した。

「おのれ……」

若い家臣が、太刀の柄へ手をかけた。

「向ける相手が違っておろう」

殺気をものともせず、但馬が前へ出た。

「退《ひ》かぬなら、転がっている二人を踏みつぶすことになるぞ」

わざと但馬が、力強く足踏みをした。

「くっ。しかたない。戻れ」

佐藤が合図した。若い家臣たちが、二人を担いで、路地から去っていった。

「見せてもらおう。大言《たいげん》の腕を」

一人残った佐藤が路地の入り口まで下がった。

「…………」

賢治郎はほぞを噛《か》んだ。佐藤や倒れた二人を、賢治郎は障害物として遣《つか》うつもりでいた。狭い路地で、足下に人が倒れていれば、思いきった踏みこみなどはできなくなる。己の間合いで動けなくなるのだ。

これで但馬の足が止まれば、賢治郎は相模だけに集中できる。しかし、それは崩れた。

「では、参ろうか。他の刺客が出てきては、取りぶんが減る」

相模が太刀を抜いた。

「だの。最初の約どおり、どちらがとどめを刺しても、金は折半《せっぱん》だぞ」

「承知」

但馬の申しぶんに相模がうなずいた。

賢治郎は背中を屋敷の壁にあてた。左右から敵を迎える形になるが、後ろから狙われるよりはましであった。

「小太刀遣いか」

相模が賢治郎の得物を見た。

「そういえば、二年ほど前に小太刀を得意とするやつがいたな」

思い出したように但馬が述べた。

「越前《えちぜん》の出だと言ってた奴か」

「そいつよ。あやつはたしか……」

話しながら但馬が太刀を下段へぶら下げた。

「我らで殺したな。女の取り合いだった」

「そうだったな」

二人の足が止まった。

間合いは二間（約三・六メートル）、太刀ならば踏み出せば届く一足一刀の近さであった。

「おう」

但馬が気合いを出した。

「…………」

足が出ていないと気づいていた賢治郎は、虚の動きと見て、応じなかった。

「なかなかやるな」

下卑《げび》た笑いを但馬が浮かべた。

「これはどうだ」

但馬が足を踏み出して間合いを縮めた。

賢治郎は但馬から相模へと重心を移し、小さく半歩踏み出した。

「くっ」

斬《き》りかかろうとしていた相模が、たたらを踏んだ。

「ちっ」

陽動を見抜かれていた但馬が舌打ちをした。

「相模、行くぞ」

「おう」

目を交わした二人が、合わせるように太刀を青眼へ変えた。

「一」

相模の言葉で、二人が一歩前へ踏み出した。

「二」

但馬の声で、二人が太刀を上へ振りあげた。

「三」

二人が声をそろえて言い、一気に斬りかかってきた。

「……はっ」

賢治郎は腰を地に落とした。

「なっ」

「こいつ」

二人の太刀は、壁に当たる寸前で止まっていた。

壁を背にしたもう一つの理由がこれであった。日本刀の命は、その切れ味である。極限まで薄く研がれた切っ先は、ちょっとした衝撃で欠け、一気にその切れ味を失う。真剣勝負になれた者ほど、切っ先を気にする。賢治郎は、それを利用したのだ。

賢治郎が座りこんだことで、目標を失った太刀は、そのまま落とせば、壁に食いこむ。壁に切っ先が食いこめば、一瞬とはいえ、動きが止まる。食いこまずとも切っ先が欠ければ、鋭利さはなくなり、必殺の一撃が、傷つけるだけとなる。刺客稼業で生きてきた二人にとって、太刀は命である。思わず手が縮んだのも当然であった。

転がりながら二人の間を抜けていた。

「ええい」

あわてて相模が太刀をそのままそのまますぐ押しつけようとしたとき、すでに賢治郎は転がりながら二人の間を抜けていた。

「しまった」

相模が振り向こうとしたとき、但馬が折れるように転んだ。

「ぎゃあああ」

但馬の踵《かかと》から血が出ていた。賢治郎は、転がりながら脇差で、但馬の足の腱《けん》を裂いていた。

「どうした……」

気を取られた相模が、一瞬、賢治郎から目を離した。

「おう」

転がった姿勢から、賢治郎はふたたび脇差を薙いだ。

「なんの」

但馬の傷を見た相模が、予想していたのか、軽く跳んで賢治郎の一刀をかわした。

「甘いわ」

相模が、まだ地に伏している賢治郎へと切っ先を向けた。

「さあ、立て。尋常に勝負してくれよう」

「…………」

賢治郎は動かなかった。

剣術の欠点に、己より低い位置の目標を斬りにくいというのがあった。これは、太刀を持つ手の先が肩についているため、普通に振っただけでは、地面に届かないからである。また、届いたところで、地に切っ先をぶつけては、やはり太刀の命をつぶしてしまう。対して、低い位置にいる者は、相手の膝から下を攻撃できた。

いいことずくめに見える低い位置であったが、致命傷があった。立ちあがるときに大きく体勢を崩すのだ。

そこを狙われては、どうしようもない。

かといって、ずっと寝たままというわけにはいかなかった。脇差や小柄などを投げられれば、避《よ》けることは難しく、得物で弾《はじ》くことはできない。かわすために大きく身体を動かせば、得物の切っ先が敵から外《はず》れた。

「そのまま串刺《くしざ》しになる気か」

嘲笑《ちょうしょう》しながら、相模が脇差を左手だけで抜いた。

「但馬を遣いものにならなくしやがって」

相模が脇差を振りかぶった。

「まあ、これで十両は拙者一人のものにできるが……相棒を見つけるのはなかなか骨なのだぞ」

酷薄な笑いを浮かべながら、相模が脇差を投げつけた。

仰向《あおむ》けになっていた賢治郎は、左手で脇差を握ったまま、右手で鞘ごと太刀を抜き、大きく振った。

甲高《かんだか》い音がして投げつけられた脇差が弾かれた。

「殺す」

相模があわてて間合いを詰めた。思ったよりも体勢が崩れなかったが、隙の生まれた賢治郎へ止《とど》めを刺そうとした。

「えい」

脇差とぶつかった反動を利用して、賢治郎は太刀を戻した。

「これで終わりだ」

真下に向けた太刀を、相模が突いた。

「ちい」

賢治郎は右手の太刀を突き出した。

重い音がして、相模の太刀が止まった。

「なんだ」

相模が驚愕《きょうがく》した。

切っ先は、賢治郎の太刀の鍔《つば》で受け止められていた。

「無駄なあがきを」

もう一度突こうとして、引いた相模にあわせて、賢治郎も太刀を突きあげた。相模の切っ先は賢治郎の鍔にとらえられたままとなった。

「離せ」

太刀に制限をはめられて、相模が焦った。

「甘いのはおまえだ」

左手の脇差を賢治郎は、突きあげた。

「ぐえええええ」

相模の下腹に脇差が食いこんだ。

「おのれ、おのれえ」

腹をやられては、助からなかった。どれほどの名医を呼んだところで、手の施しようがないのだ。三日三晩高熱に苦しんで死ぬ。

絶望に顔を染めた相模が、賢治郎を道づれにしようと、太刀で突こうとした。賢治郎も必死で右手をあわせ、相模の太刀を鍔から離すまいとあらがった。

「えい」

賢治郎は脇差を抜いた。

「なにか腹から出ていく」

相模が下を見た。

脇差の傷から、青白い腸《はらわた》があふれてきていた。

普段、腹筋に押さえられている腸は、ふさいでいるものがなくなると、腹腔《ふくくう》からあふれ出すだけの圧力をもっていた。

「腹から熱がなくなる」

太刀の柄を離して、相模が垂れ下がる腸をもう一度腹のなかへ押しこもうとした。

「入らない……」

己の血で滑り、腸を摑めない相模の顔が泣いたようにゆがんだ。

「これまでなのかなあ」

相模が太刀を落とし、膝をついた。

「……………」

問いかけてくる相模を無視して、賢治郎は起きあがった。

「藩がつぶれ、浪人になって……仕官をあきらめ、無頼《ぶらい》の生活を……」

相模が語る人生を賢治郎は聞いていなかった。

「うぐっ」

胸からこみあげてくる不快感に、賢治郎は耐えきれず吐いた。

「……寒い」

そうつぶやいて相模が倒れた。

「今なら」

太刀を抜いた佐藤が、賢治郎へ近づこうとした。

「来るか」

剣士としての本能で、賢治郎が佐藤へ脇差を向けた。

「ひいっ」

賢治郎の身体から出る殺気をまともに浴びた佐藤が、逃げ出した。

「うう……」

胃のなかのものすべてを出してもおさまらない悪寒《おかん》に賢治郎は、震えた。

「……とにかく戻らねば」

脇差を拭《ぬぐ》わないと、と鹿皮を出した賢治郎は、刀身に残る血脂《ちあぶら》を見て、ふたたび吐いた。

「けほっ」

黄色い胃液しかでないが、心にたまった澱《おり》をすべて出そうとするかのように、賢治郎は嘔吐《おうと》した。

「苦しむがいい」

不意に声がかけられた。

「……なんだ」

足の腱をたたれて気を失っていた但馬が目覚めていた。

「初めて人を斬ったのだろう。それも戦ではなく、個のつごうでな」

立つことはできない但馬が、かけ声をあげて座った。

「戦などはいい。大義名分がある。殺して当然、やればやるほどほめられるからな。だが、私闘は違う。大義はこちらにありと思っていても、誰《だれ》からもかばってもらえぬ。己の意志で人を殺した。この重みはとれぬ」

但馬が語った。

「金を取るため、初めて辻斬りをしたのは、二十八の歳《とし》だった。浪人して二年目。売るものもなくなり、飢えに耐えきれなくなって、播磨《はりま》の山中で旅人を襲った。そのときは夢中だったが、あとで落ち着いたとき、たまらなかった。それから十五年、殺した数は両手ではきかぬ。それでも、最初の一人は忘れられぬ。あの死ぬとわかったときの目。なんとか助けてくれと泣いて頼んだ顔、いまだに夢を見る」

そこで但馬の表情が変わった。

「貴様も修羅の道にはいったのだ。これから安らかに眠れる夜はないと知るがいい」

但馬が嘲笑した。

「黙れ」

「うるさいと、拙者も斬るか」

太刀をもてあそぶように振りながら、但馬が賢治郎を見あげた。

「…………」

賢治郎はおさまらない悪心《おしん》を我慢して、歩き始めた。

「二人やった気分はどうだ」

背中に但馬が浴びせた。

「立つこともできぬ浪人に、世間は冷たい。懐の金がなくなったところで、見捨てられる。その先は死あるのみ。きさまは、相模だけでなく拙者も殺したのだ」

無言で賢治郎は脇差を拭った。なにかに集中していないと、心がもたなかった。

「地獄で会おう」

但馬が叫んだ。

三

賢治郎は自邸ではなく、下谷の善養寺へ足を向けた。

「南無阿弥陀仏《なむあみだぶつ》」

手を合わせている町人たちを気にすることもなく、賢治郎は本殿へとあがると、座りこんだ。

「なんだ……」

「どうした」

説法を聞いていた町人たちが、ざわついた。

「賢治郎……」

厳海和尚が、気づいた。

「ご一同、遠縁の者じゃ。お気になさるな」

なにもないかのように巌海は説法を続けた。

「仏とは、人なのでござる。人が厳しい修行を積んだ末に悟りを開いた姿。つまり、ものの数にも入らぬ拙僧はもとより、皆の衆も仏になれるのでござる。そのためには、すべてを捨てて、死ぬような修行をいたさねばなりませぬがな」

「和尚さまは、そこまでの修行をなされておられまするので」

町人の一人が問うた。

「まさか」

巌海が首を振った。

「悟りを開くほどの修行など、できるわけもござらぬ。拙僧ごときにできれば、世のなかは仏だらけ。あちこちに悟りを開いた坊主がおると思ってごらんあれ、気味悪いであろう」

「そりゃあ、たしかに」

初老の町人が、歯のない口を開けて笑った。

「凡人に修行などできませぬ。代わりにしなければならぬことがござる」

ゆっくりと巌海が集まった町人たちを見た。

「それは、毎日を精一杯生きるということでござる。己の仕事に誠心誠意をこめ、一日の糧を得ることに感謝し、決して悪行をおこなわぬ。これでござる。御仏は、吾が教えに従う者を救うと決意されて成仏なされました。成仏とは、肉体という枷《かせ》を捨て、心のままに拡《ひろ》がること。すなわち、御仏は、どこにでもあって、皆の衆の毎日を見守ってくださっておられる。御仏の救いにすがりたいのならば、仏になる修行ではなく、人としての毎日をおくりなされ。他人を泣かせてはいかぬ。よいか、殺しなどはもってのほか、盗みもしてはいかぬ。好兵衛《こうひょうえ》、浮気もじゃぞ」

「……すいやせん」

壮年の商人が頭を掻《か》いた。

「おわかりになられたかの。では、今日の説法はここまでじゃ。最後にご本尊さまに手を合わせてお帰りなされ。ああ、賽銭《さいせん》も忘れずにの」

ほほえみながら、町人たちを帰した巌海が、賢治郎に声をかけた。

「人を殺したか」

巌海は、説法の最中、殺しのところで賢治郎の身体が震えたのを見逃していなかった。

「話してみよ」

やさしく巌海が促した。

「……さきほど……」

賢治郎は、襲撃一件のことを述べた。

「そうか」

聞いた巌海が、賢治郎の肩に手を置いた。

「よく生きていたな。えらいぞ」

巌海が、褒めた。

「賢治郎。もし、おぬしがやられていたら、どうなった。悲しむ者がいるなどという話ではないぞ。おぬしを襲った刺客が、仕事を果たしていたとすれば、またいずれ、他の者を狙ったであろう。金で人を殺す者は、また同じことをする。それが生業《なりわい》となってしまっておるからじゃ」

「…………」

無言で賢治郎は、うつむいたままであった。

「因果を断ったと思え」

気にせず巌海が続けた。

「といったところで、おぬしが殺生《せっしょう》をおかしたのは確かじゃ」

言われた賢治郎の肩が揺れた。

「人としてしてはならぬことだ。身についた業《ごう》については、おぬしが死ぬまで背負っていかねばならぬ」

厳しく巌海が告げた。

「贖罪《しょくざい》をいたさねばならぬ」

「……贖罪とは、どういたせばよろしいので」

ようやく賢治郎は、顔をあげた。

「よい一生をおくることよ」

巌海が述べた。

「おぬしの殺した相手の霊は、ずっと見ておる。おぬしがどのような生きかたをしたかをな」

「生きかた……」

「そうだ。人に誇れる生涯をおくれ。いや、人に後ろ指をさされることなく、死を迎えよ。そうして初めて、おぬしに殺された者の霊は納得してくれよう。おぬしが生きていて正解だったとな」

そっと肩から巌海は手を離した。

「来い、賢治郎」

巌海は、本尊の前に正座した。

呼ばれた賢治郎は、巌海の右後ろに控えた。

「ご本尊さまの顔を拝せよ」

賢治郎は、本尊の顔を見上げた。

「薬師如来さまは、衆生《しゅじょう》を救う御仏の一人。病を治し、人を生かす。だが、薬のなかには毒となるものがあるのも、たしか。毒を遣うことで薬となす。あるいは、毒によって一人の命を奪うことで、その他大勢を助ける。これもまた仏の慈悲なり」

「…………」

じっと賢治郎は手を合わせた。

「毒となるな賢治郎。毒を遣う者となれ」

賢治郎に向き直った巌海が諭した。

「毒を遣う者……」

小さく賢治郎が繰り返した。

「このさきは、儂《わし》の任ではない。おぬしが支えてほしいと思う者の仕事じゃ。陰と陽、足し足される者のな」

帰れと巌海が命じた。

巌海のおかげで賢治郎はどうにか、気力を取り戻した。

「綱重さまの家中《かちゅう》ではない者も出てきた」

賢治郎は、最初の佐藤たちと後の相模たちが、敵対とまではいかなくとも、連携していないように見えた。

「浪人者。しかも金で雇われたという。では、その金を出したのは誰だ」

歩きながら賢治郎は考えた。

小納戸月代御髪係、通称お髷番は、将軍の身体に唯一刃物をあてることが許されている。寸鉄を帯びることさえできない御座の間で、お髷番だけに認められた特権であった。当然、お髷番になるには、将軍から絶対の信頼を置かれた者となり、後の出世も保証されている。六百石ていどの旗本にとって、お髷番は、垂涎《すいぜん》の的《まと》であった。

「しかし、命を狙ってくるとは穏《おだ》やかではない」

小納戸とはいえ、将軍の側に仕える役人である。刺客に倒れたとなれば、目付が出てくる。秋霜烈日とたたえられる目付は、不偏不党を是とし、どのような権にも膝を屈しない。老中若年寄さえも糾弾する力を与えられており、目付の取り調べは苛烈《かれつ》を極めた。賢治郎を殺して成り代わろうとしたところで、目付の手が伸びては意味がない。

「最初、兵庫とかいった侍は、職を辞せと告げてきた。続いてその兵庫とともに現れた順性院さまと思われるお方は、吾に味方せいと言われた。そして先ほど綱重侯の屋敷から、後をつけてきた連中は、殺す気でいた。この三つの勢力は、少なくとも綱重さまを中心につながっているはずだ」

相模たちを切り離して考えれば、綱重に集約された。

「となれば、相模たちも、綱重さまとかかわりがある者に依頼されたと考えるべきなのだろうが……」

将軍の弟が、無頼とかかわりのある人物とつながっている。賢治郎には思いもつかなかった。

「上様にご相談申しあげるしかない」

松平伊豆守に聞かされたことを含めて、明後日でなければ話ができないのを、賢治郎はふたたび歯がゆく感じた。

屋敷へ帰った賢治郎の異変に、三弥が気づいた。

「何がございました」

善養寺であるていど乱れた身形《みなり》、髷《まげ》などを整えた賢治郎の努力は、あっさりと三弥に見抜かれた。

「……部屋で頼む」

道中耐えてきた緊張が崩れた賢治郎は、願った。

「よろしいでしょう。ついておいでなさい」

三弥が先に立った。

いつも賢治郎の身の回りを世話してくれる家士も遠ざけた。

「人払いもいたしました。さあ」

急《せ》かす三弥に賢治郎は抱きついた。

「な、なにをっ」

三弥が驚愕の声をあげた。

「わたくしたちは、約しているとは申せ、いまだ婚姻しておらぬのでございまするぞ。このようなまねをして、許されると……」

叱りかけた三弥が、口を閉じた。

「……震えている」

賢治郎の身体が小刻みに震えていた。

「どうしたのでございますか」

抱きつきはしたものの、それ以上の行為に出ない賢治郎に、三弥が問うた。

「しばし、しばしこのままで」

小柄な三弥の胸に賢治郎はすがった。

「あとで、きっと話しなさいませ」

三弥が認めた。

巌海の言う、支えてくれる者が誰か、賢治郎は屋敷に入った瞬間に悟った。出迎えてくれた者のなかで、三弥だけが色を持っていた。人を殺したと知った瞬間から失われていた色彩が、そこにだけあった。

賢治郎は三弥の幼いながらも柔らかい感触と、衣服へ薫《た》きこめられた香の優しい香りに、癒されていった。

「申しわけございませなんだ」

しばらくして賢治郎は三弥から離れた。

「本来ならば、許さぬところでございまするが……」

衣服のずれを正しながら、三弥が座った。

「事情によっては、父に話しまする。お話を」

厳しい目つきで三弥が問うた。

「またぞろ襲われましてござる」

「なんと……」

三弥が息をのんだ。

「このたびは、市井《しせい》の無頼を使い、わたくしの命を狙って参りました」

「命を……」

「なんとか退けることはできましたが、一人を……」

賢治郎は言葉をきった。

「そう」

その先を三弥がくみとった。

「かつて聞いたことがございまする」

静かに三弥が話し始めた。

「武功を立て続けてこられた神君家康さまでさえ、戦の後は女を求められたとか。それも荒々しい行為に及ぶのではなく、ただ一夜を過ごされるだけだったと言いまする。家康さまのお側に後家の出のお方が多かったのもそのせいでございましょう。女というより、母を、求められておられたのやも知れませせぬ」

家康の後家好きは有名であった。後家というより、一度嫁したことのある女をとくに好んだ。六男松平忠輝を産んだお茶阿《ちゃあ》の方、九男義直をもうけたお亀の方、三女市姫の生母お勝の方と枚挙にいとまがない。子供をはらまず、お部屋さまにならなかった名もなきお手つきも含めれば、家康のお手つきのほとんどが後家、あるいは人の妻であった。

「神君家康さまも」

賢治郎は初めて知った。

「旗本の女の間に伝えられる説でございまする。わたくしも真実かどうかはわかりませぬ。ですが、女が男の荒ぶる心を納めるのは役目。古来より、荒ぶる神への生《い》け贄《にえ》に娘が捧《ささ》げられてきたのもそのあらわれ」

歳下の三弥の語りに、賢治郎は耳を傾けた。

「ところで賢治郎どの」

三弥が背筋を伸ばした。

「お役目を退きまするか」

「……いいえ」

賢治郎も姿勢を正した。

「脅しに屈しては、上様のご信頼にお応えできませぬ」

「けっこうでございまする。深室家の跡継ぎとして、背を向けるようなまねをなさるならば、離縁させていただくつもりでおりました」

はっきりと三弥が言った。

「わたくしの帰るところは、ここしかございませぬ」

実家に居場所など初めからなかった。きっぱりと賢治郎は告げた。

「お覚悟拝見つかまつりました」

ていねいに三弥が頭を下げた。

四

翌々日の朝、賢治郎は家綱へすべてを語った。

「綱重の屋敷からと、無頼か」

聞き終わった家綱が、嘆息した。

「そなたを除《の》けた後、息のかかった者を月代御髪にするつもりなのであろう。となれば、躬《み》を害する気じゃな」

「おそらくは」

賢治郎も同意した。

「愚かなことを。躬がそれに気づかぬほど間抜けだと思っておるようだ」

家綱が鼻先で笑った。

「そなたには、苦労をかけるの」

「いいえ」

ねぎらいに賢治郎は首を振った。

「手助けを出してやれぬ。なんとかしのいでくれ」

「はっ」

賢治郎はうなずいた。

「あとは、松平伊豆守の申したことよな」

「はい」

さすがの家綱も困惑していた。

「春日局が恨みを抱《いだ》いているか。本能寺の変までさかのぼられては、迷惑でしかないな」

家綱も賢治郎も生まれていない過去のことだ。

「たしかに安穏《あんのん》とした生活を一気に奪われたのだ。腹立たしいと思うのはわかる。だが、その恨みをかかわりのない徳川にぶつけられても困るではないか」

「さようでございますな」

髪を梳《す》きながら賢治郎も首肯した。

「織田信長公を明智光秀が襲ったのが本能寺の変。そのとき神君家康公は、見物のため、和泉《いずみ》堺《さかい》におられた。そこから三河まで帰られる苦難の話は、躬も何度となく父や伊豆守から聞かされた」

わずかな供回りだけで堺にいた家康は、光秀の手から逃れるため、伊賀の峠道をこえて伊勢《いせ》へと逃げた。そのとき、家康の警固を担ったのが伊賀者である。家康は、その功績を忘れず、天下を掌握した後、二百名の伊賀者を江戸へ呼んで、同心として抱えた。

「家康さまが本能寺の変の後ろで糸を引いていたという馬鹿げた噂《うわさ》もある。しかし、それならば、秀吉が天下を取るはずもない。本能寺で信長公が殺されるとわかっていたならば、光秀を討つ準備を家康さまがなされぬはずはない。関ヶ原にせよ、大坂の陣にせよ、家康さまは、いつも準備を万端にして、勝ち戦となされた。本能寺の変だけ、準備なしとは考えられぬ」

家康の戦い振りは、若きころと老いてからでずいぶん変わっていた。将軍の素養として戦話を聞かされる家綱は、家康の戦いも熟知していた。

「御上への恨みではございますまい。それならば、家光さまに手を出されていたはず」

賢治郎は述べた。

春日局は家光の乳母なのだ。何かしようと思えば簡単であった。

「それもそうだな。なにより、すでに春日局は死んでおる。いまさらなにもできまいが……気になるの」

「稲葉と堀田でございまするな」

「うむ。言われてみるまで気づかなかったが、乳母の身内というだけで、これほどの厚遇はありえぬ」

「はい」

「まだ稲葉はよい。少し石高が多すぎるがな。家康さまのお子を産んだ側室の一門でも万石をこえるような禄《ろく》をもらったものは、御三家の付け家老くらい。他はせいぜい数千石止まり。神君さまの側室でさえ、そうなのだ」

「あと堀田家が謎《なぞ》でございまする。系譜を見れば、春日局さまの血を引いてはおられませぬのに、稲葉以上の厚遇」

「それに対する答えが、伊豆守の申した堀田正吉の妻こそ、春日局の娘というものだな」

「さようでございまする」

確認する家綱に賢治郎は首を縦に振った。

「稲葉正利のことを、躬は知らなんだが、言われてみれば、おかしいの。系譜どおり春日局の子であるならば、父家光さまと将軍位を争った忠長へつけるのはみょうなり」

家綱が首をひねった。

「忠長さまの様子を探るために忍ばせたのではございませぬか」

「それはない」

賢治郎の発言を家綱が否定した。

「きさまなら、敵の中心ともいうべき春日局の子を手元に送りこまれて、疑うことなく仕えさせることができるか。密事をあかせるか」

「できませぬ」

言われて賢治郎は納得した。

「であろう。また、もしそうであったならば、忠長が改易となったときに、任を終えて幕臣へ復帰させるのが普通であろう。即座に立身させるのが、露骨だというならば、何年かしてからでもいい。しかし、正利は、いまだ赦免されることなく、熊本に流されたまま。これは、春日局にかかわりある者として、あまりに異様」

「たしかに」

「もし、正利が春日局の腹でなく、別の女から生まれ、堀田正吉の妻こそ血を引いているとすれば……」

「つじつまは合いまする」

　賢治郎も思いを同じくしていた。

「堀田正吉の子加賀守正盛があそこまで重用された理由もわかり、稲葉正利が使い捨てにされた理由もわかる」

「はい」

　家綱の説に賢治郎は納得した。

「残るは、紀州大納言の言った、我らも源氏という言葉よ。これには春日局がかかわっていると大納言は教えた」

「……………」

思考に入った家綱のじゃまにならぬよう、賢治郎は黙って髷を整え始めた。

「……賢治郎」

元結いをかけたところで、家綱が呼んだ。

「はっ」

「慶安の謀反《むほん》のおり、訴人してきた者は、どうしておる」

家綱が問うた。

「御家人として召し抱えられたと聞き及びまするが」

「確認いたせ」

「承《うけたまわ》りまして候」

賢治郎が受けた。


堀田備中守は、将軍家御座の前で月代御髪が終わるのを待っていた。

「入るぞ」

焦《じ》れた堀田備中守が御小姓頭へ言った。

「今しばしお待ちくださいませ。月代の間は、余人をとおすなとの命《めい》にございまする」

「それをきさまは認めたのか」

　堀田備中守があきれた。

「誰も上様のお側におらぬとは、小姓としての役目をなんと心得る。月代御髪が不届き者であったならば、上様の御身に万一があるやも知れぬのだぞ」

「……それはその通りでございまするが……上様よりのきついお達しでございますれば」

　小姓組頭は口ごもった。

「役立たずな。たとえ上様の御命であろうとも、よろしくないと思えば、その首かけてお諌めするのが、誠の忠臣。きさまなど、やめてしまえ」

　厳しく堀田備中守がののしった。

「…………」

　頬をゆがめて、小姓組頭は黙った。

「終わりましてございまする」

　そこへ任を終えた賢治郎が声をかけた。

「おお。終わったか」

　小姓組頭が、ほっとした顔になった。

「一同、戻れ」

堀田備中守に軽く一礼して、小姓組頭が将軍家御座の間へ入った。

「ご苦労であった」

小納戸組頭大山高衛が、賢治郎をねぎらった。

「なにもなかったであろうな」

お髷番は剃刀《かみそり》で家綱の月代、髭《ひげ》をあたる。傷つけていないかどうかは、重要な問題であった。

「はい。つつがなく」

賢治郎は答えた。

「うむ。では、下部屋へさがるがいい」

「はっ」

組頭から許しを得て、御座の間を立ち去ろうとした賢治郎を、堀田備中守が止めた。

「待て」

「わたくしでございまするか」

「そうじゃ。そなたが、月代御髪係か」

「さようでございまする」

「なぜ人払いをいたす」

堀田備中守が糾《ただ》した。

「上様より、集中してお役目がはたせるようにとの思《おぼ》し召《め》しでございまする」

「なぜお断りせぬ。上様と二人きりになるなど、大奥の側室でさえないのだぞ。それをたかが小納戸ていどがいたすなど、不相応であろう」

「わたくしの立場からは申しあげることができませぬ。御意《ぎょい》に逆らうなど、とても」

賢治郎は、家綱へことを投げて逃げた。

「どいつもこいつも。上様への真の忠義をなんと心得ておるか。上様からなにも仰せがなきように、すべてを正しくこなすのが家臣のつとめであろう。上様には、毎日をお健やかにお過ごしいただければよいのだ」

興奮した堀田備中守が賢治郎へあたった。

「…………」

賢治郎は無言で堀田備中守の怒りがおさまるのを待った。

「もうよい。きさまに言ったところでどうにもならぬわ」

吐き捨てるように、堀田備中守が言い、背を向けた。

「何用じゃ」

入ってきた堀田備中守へ、家綱が問うた。

「本日お目通りを願っております大名どものことにございまする」

「よきにはからえ」

面倒くさそうに家綱が手を振った。

「はっ。それでは、皆にお目通りを賜《たまわ》るとさせていただきまする」

堀田備中守が一礼した。

「さがってよい」

家綱が許さないかぎり、退出することはできない決まりである。深く平伏した後、御座の間を出て行くはずの堀田備中守は動かなかった。

「上様」

「なんだ」

いつもと違う堀田備中守へ、家綱が眉《まゆ》をひそめた。

「月代御髪のおり、お人払いをなされるのは、おやめくださいませ」

「なぜじゃ」

家綱が目を細めた。

「上様のお側に警固の者がおらぬとなれば、なにかあったときに対応ができませぬ。御身大切と思し召されて、小姓だけでも」

「ならぬ」

きっぱりと家綱が首を振った。

「人払いをするまで、なんど躬の身体に傷が付いたと思う。緊張の余り手が震えておるのだぞ。それが、人払いするようになって以来一度もない。今後とも、躬は人払いをさせる」

「……承知いたしましてございまする」

将軍の身体に傷が付くと言われては、どうしようもない。堀田備中守は、苦い顔で承諾した。

「では、これにて」

「……待て、備中守」

今度は家綱が止めた。

「そなた春日局の養子であったの」

「はい。それがなにか」

怪訝《けげん》そうな表情で堀田備中守が尋ねた。

「なにか春日局から残されたものはあるのか」

「お使いであった煙管《キセル》や、文箱《ふばこ》などならば。春日局さまのお形見の多くは、先の上様がお持ちになられましたので。なにか、ご入り用のものでもございましたか」

堀田備中守が訊いた。

「いや、少し父について知りたいと思っての。春日局が日記、あるいは忘備録でも残っておれば、見たいと思っただけじゃ」

残念そうに家綱が答えた。

「そのようなものはございませぬ」

はっきりと堀田備中守が否定した。

「ならばよい。下がれ」

家綱が手を振った。

「はっ」

御座の間を出た堀田備中守が、独りごちた。

「気づいたか……」

堀田備中守が厳しい顔をした。

「今はまだ上様に退いていただくときではない。儂がせめて執政になるまでは、波風がたっては困る。綱重さま、綱吉さま、のどちらが将軍となられても、儂はよい。しかし、御三家から人が出てはまずい。お二方ともまだお若い。幼いゆえと異論が出ぬとはかぎらぬ」

黒書院へ向かいながら、堀田備中守がつぶやいた。

「上様の手足をもぐか。深室賢治郎、あやつが上様の命で動いている。ならば、あやつの動きを制す。たしか、深室の兄は、寄合の松平主馬であったな。あやつを使うか。一度弟の足を引っ張っているのだ。今度も喜んでやるだろう。兄を敵に回すか。忠長さまも、綱重さまも、綱吉さまも同じ。幕府というものは兄弟相克の血に呪《のろ》われておるのやも知れぬ」

堀田備中守の目が光った。

五

家綱の命を受けた賢治郎は、小納戸のではなく、松平伊豆守の下部屋を訪れた。

「おいでになられまするか」

廊下から賢治郎は声をかけた。外から見えないよう、下部屋はどこでも襖《ふすま》をしっかりと閉めてある。人の気配を感じても、それが松平伊豆守のものとはかぎらなかった。

「その声は……深室か。入れ」

なかから松平伊豆守の応答があった。

「ご免を」

すっと周囲に目を走らせ、見張っている者がいないかどうかを確認した賢治郎は、素早く下部屋へと身を滑りこませた。

「どうした」

松平伊豆守は書見していた。

「少しお教え願いたいことがございまして」

「なんじゃ」

「由井正雪の一件で、訴人した者どもは、今どうしておりましょう」

賢治郎は慶安の役の処理を担当した松平伊豆守に直接話を訊いた。書物をひもといていては迂遠《うえん》であるし、なにより直接知っている人物がいるのだ。紙に残せないこともあるだろうと考えた結果であった。

「上様のご命か」

松平伊豆守の表情が引き締まった。

「話せ。上様は最初に何を探れと仰せられた」

厳しく松平伊豆守が命じた。

「それは……」

逆に問い詰められた賢治郎はたじろいだ。

「待て。そなたがお側にあがったのは、先月の十五日であったな。小納戸の内示は十日前と決まっている。となれば、先月の初め……なにがあった。……そうか、紀州大納言どのか」

「なんと……」

知恵伊豆のすさまじさを、賢治郎は目《ま》の当《あ》たりにした。

「紀州大納言どののお目通りには、余も一部同席した。あのおり、違和は感じられなかったとなれば、儂が上様の前を下がってからだな。そうであろう、深室」

「……………」

「申せ。きさまごとき若輩が一人で抱えこんで、どうにかできるはずはない」

松平伊豆守が迫った。

「家綱さまの御身に何かあってからでは遅いのだ。家光さまがどれほど家綱さまをおいつくしみあそばされたか、わかっておらぬのか。家光さまは、吾が身と同じように弟と将軍位を争うような不幸を味わわせたくないと仰せられて、家綱さまがお生まれになるなり、世継ぎと定められたほどぞ。家光さまの願いは、家綱さまのご無事。ゆえに、儂と豊後を残されたのだ。生き恥をさらしてでも、護《まも》れと遺《のこ》された家光さまのお言葉。儂は、家光さまのご遺志を遂行するためには、どのようなことでもしてのける覚悟がある。きさまに、それだけの肚《はら》があるのか」

「命を捧げる覚悟はできておりまする」

弾劾された賢治郎が言い返した。

「たわけ」

小さいながら、気迫のこもった声で、松平伊豆守が叱った。

「旗本の命は最初から上様に捧げてある。当たり前のことを偉そうに言うな。よいか、余は、上様の御代《みよ》を護るためならば、泥をかぶれるかと問うておる」

「泥……」

「そうじゃ。上様のおためならば、なんの罪もない者を殺すことも厭《いと》わぬ肚じゃ。己の命だけではない。先祖代々の家も名も潰《つぶ》すだけのな」

「それは……」

鬼気迫る松平伊豆守の忠誠に賢治郎はたじろいだ。

「人を死なせる覚悟なきならば、それができぬならば、上様の密命など承るな」

「………………」

先日相模を討ち取った衝撃は、まだ賢治郎のなかにくすぶっていた。賢治郎の顔色がなくなった。

「……人を斬ったか」

すぐに松平伊豆守が気づいた。

「ふむ。ついてこい」

松平伊豆守が立ちあがった。

「上様へお目通りを願う」

「なりませぬ。御用はわたくしに下されたものでござる」

あわてて賢治郎が止めた。家綱から命じられたのは賢治郎のみであった。

「半人前が一廉《ひとかど》の口をきくな。上様にも政の裏を知っていただく機会である」

さっさと松平伊豆守は歩き出した。

こうなっては賢治郎では止めようもなかった。松平伊豆守は権を奪われたとはいえ、老中次席である。小納戸風情《ふぜい》では相手にならなかった。

「松平伊豆守さま、お目通りを願っておりまする」

小姓組頭から伝えられた家綱は、了承した。家綱にとって松平伊豆守、阿部豊後守の二人は、別格であった。

「どうした」

入ってきた松平伊豆守の後ろに賢治郎を認めた家綱が、みょうな顔をした。

「お人払いを願わしゅうございまする」

「わかった。一同遠慮せい」

家綱が首肯した。

松平伊豆守が相手ならば、小姓も小納戸も文句は言えなかった。すぐに御座の間は、三人だけになった。

「申しわけございませぬ」

事情を語った賢治郎は、平伏した。

「松平伊豆に訊いたか。いたしかたない。気にするな。躬の命に賢治郎はしたがっただけじゃ」

苦笑しながら、家綱が許した。

「お話しくださいませ、上様」

背筋を伸ばした松平伊豆守が願った。

「うむ。かかわりがないとは、言えぬな」

すべてを家綱が話した。

「我らも源氏ならばでございまするか……」

聞き終わった松平伊豆守が、目を閉じた。

「そういうことか」

煙草《たばこ》を一服吸い付けるほどの間で、松平伊豆守がうなずいた。

「わかったのか」

ぐっと家綱が身を乗り出した。

「上様。一つお話をさせていただきまする。堀田正盛の母、万さまが春日局の娘であることは、深室よりお伝えしたかと思いまする」

「うむ。聞いた」

「それでございまするが……じつは、万さまが、おできになられたのは、熊本に流された稲葉正利どのより先なのでございまする」

「なにっ」

「えっ」

家綱と賢治郎が驚愕した。

「稲葉正成が、他の女に正利を孕《はら》ませた腹いせに、春日局さまは家を出られたのではございませぬ。春日局さまは、稲葉正成どのが小早川家におられるときから、家康さまと通じておられたので」

「そんな……」

「春日局さまは、関ヶ原の勝利を決定した小早川秀秋の裏切りを導いた夫正成の功績を認め、直臣《じきしん》として取り立ててくれるようにと家康さまのもとへ、直訴しに参り、そこでお手が付いたのでございまする」

「神君さまは、後家や人妻がお好みであったと聞いていたが……」

苦い顔で家綱が述べた。

「そして万どのを身ごもられた。家康さまのお手が付いてしまえば、いかに妻とはいえ、閨《ねや》にはべらすことははばかられまする。そこで、稲葉正成は、別の女を側室として抱え、正利どのが生まれた。稲葉家で春日局さまの血を引いているのは、小田原の正勝どのと、堀田家へ嫁いだ万さまのみ」

「なるほど。それでわかったわ。稲葉正成が、あっさりと松平忠昌の家老という座を捨てたわけが。己の妻に手を出した者の孫、その面倒など見る気にはならぬで当然だ」

家綱が納得した。妻を寝取られた代償が大名ならば、まだ納得できただろう。しかし、寝取った男が示したのは、孫の家老。陪臣でしかなかった。

「正利が、忠長さまへついたのも自らだったのだな」

「はい。父正成を裏切った女が乳母をしている家光さまに敵対し、忠長さまを将軍として、見返すつもりであったのでございましょう」

松平伊豆守が首肯した。

「いつまで経《た》っても赦免されぬはずだ。いや、よくぞ、今まで殺されなかったというべきか」

「はい」

重く松平伊豆守が同意した。

「で、我らも源氏との意味はなんじゃ」

「鎌倉、室町《むろまち》の幕府を思いくだされ。ともに、実権は、執権《しっけん》、あるいは管領《かんれい》が奪い、将軍は飾りとなりましてございまする。執権は北条《ほうじょう》が代々受け継ぎ、管領も細川と斯波《しば》と畠山《はたけやま》の三家で独占いたしました」

問われた松平伊豆守が述べた。

「徳川もそうなるということか」

「ご明察でございまする」

松平伊豆守が頭を下げた。

「本人が死んでおりますゆえ、正確なところはわかりませぬが。春日局は己を北条政子にたとえたのでございましょう」

春日局につけていた敬称を、松平伊豆守が外した。

「たしかに、功績は似ている。北条政子は源頼朝を将軍に押し上げ、春日局は父家光を三代将軍にした」

家綱も認めた。二代将軍は、言葉も遅くおとなしかった家光ではなく、聡明であった忠長に三代将軍を継がせようとした。それを春日局が駿河の家康に直訴して、家光へと変えさせたのだ。三代将軍成立最大の功臣といってまちがいはなかった。

「春日局は、実子稲葉正勝、孫堀田正盛の血を引く者に、代々執権あるいは、管領として幕府の権力を握らせようと考えた。それに紀州大納言どのは気づいたと」

「おそらく。慶安の役についても、疑義はございまする。なぜ、紀州どのの名前が出たのか。考えられる理由は、紀州大納言さまだけが、将軍を継ぐ権利をお持ちだったからでございましょう」

「どういうことだ」

松平伊豆守の言葉に、家綱が首をかしげた。

「家康さまのお子で、慶安の役のとき生きておられたのは、頼宣さまと水戸の頼房さまでございました。尾張の義直さまは、あの前年に亡くなられておりまする」

「水戸の頼房は……」

「あいにく水戸家は御三家ではございませぬ。御三家とは、将軍家、尾張、紀伊の三つを指しまする。水戸は紀州の予備。水戸頼房さまは、頼宣さまの同母弟。母が同じ兄弟は、長幼で格が決まりまする。なにより、水戸家の禄の低さをご覧になればおわかりでございましょう。二十八万石、これは家康さまのお子さまで、もっとも低い石高。越前秀康さまの六十七万石、六男忠輝さまの七十五万石。徳川の名を許されなかった兄たちの足下にもおよびませぬ」

「そうだったのか」

家綱が息をのんだ。

「…………」

賢治郎はなにも言えなかった。

「慶安の役、あれは紀州さまを失脚させるための罠《わな》ではないかとわたくしは考えまする」

「それでか。紀伊どのを江戸に置いたのは」

「さすがでございまする」

手を打った家綱に松平伊豆守がうれしそうに応えた。

「紀州さまは、戦を経験された最後のご一門。あのお方が江戸におられるかぎり、うかつなことはできませぬ。罰という形にいたしましたが、紀州さまには、謀反を企《たくら》んだ者への牽制《けんせい》をしていただきました。もっともあのときは、後ろに誰がおるのかわかっておらなかったからでございましたが」

松平伊豆守が述べた。

「出汁《だし》に使われた紀州さまが、黙っておられまいとも考えて……」

「やれ、紀伊どのも伊豆守は道具としていたか」

家綱が感心した。

「上様をお守りするためならば」

強く松平伊豆守が胸を張った。

「稲葉、堀田の両家を見張らねばならぬな」

「はっ」

松平伊豆守が同意した。

「稲葉正勝はすでに死し、跡を継いだ正則《まさのり》が明暦三年（一六五七）より老中を務めておりまする。堀田正盛の跡を継いだ正信《まさのぶ》は、昨年、領地を返上気まま帰国をいたしましたゆえ、改易ののち、信濃飯田《しなのいいだ》藩お預けとなっておりまする」

堀田正盛の長男正信は、旗本の困窮見るに余りあり、吾が所領をもって救済されたしとの上申書を出し、許しもなく国元である佐倉へ帰ったため、罪を受けて藩を潰されていた。

「正信の動きも変よな」

「裏がないとは思えませぬ」

家綱の疑問に、松平伊豆守がうなずいた。

「調べるべきだが、今は正信より……代わりとなった……」

「奏者番堀田備中守正俊どの」

賢治郎は口にした。

「上様、今は動かれるときではございませぬ」

「わかっておる。今の躬に力がないことなどな。幼き将軍として、ずっと政から遠ざけられてきたのだ」

苦い顔で家綱が吐き捨てた。

「なにとぞ、早くお世継ぎさまをおもうけくださいませ。五代将軍も上様のお血を引くとなれば、皆は上様へ忠節をささげまする。でなければ、次をおもんばかったおろかどもが、甲府や館林へ、馬を繋《つな》ぎますゆえ」

「子ができねば、躬は真の将軍になれぬのか」

しみじみと家綱が、嘆息した。

「ご辛抱《しんぼう》くださいませ」

深く松平伊豆守が平伏した。

賢治郎もならうしかなかった。


和歌山城で、江戸の報せを受けた頼宣が一人天守閣へと登った。

「寛永諸家系図伝の春日局、堀田、稲葉を見たか。なかなかいいところを見ておるな。しかし、これだけでは足らぬ」

頼宣は首を振った。

「余を陥れようなどと姑息なことをいたしおって。末期《まつご》まで父家康と共にいた余が、春日局のことを知らぬとでも思ったか。家光に殉死した振りをせねばならなかった堀田正盛が、最後の一撃、由井正雪の謀反。余を排し、御三家紀州を潰す妙手だったがな。残念ながら、堀田より伊豆守が一枚上であったぞ」

　小さく頼宣が笑った。

「だが、伊豆守も気づいてはおるまい。大奥の恐ろしさにな。男にはわからぬ闇《やみ》が集う大奥。順性院、桂昌院。春日局の弟子ともいうべき二人の女に遺《のこ》された策。みごと破れるかの、将軍さまよ」

　頼宣が、天守閣から遠く東を望んだ。


（続く）

上田秀人　著作リスト

	作品名	出版社名	出版年月	判型	備考
1	『竜門《りゅうもん》の衛《えい》』	徳間書店	〇一年四月	徳間文庫	書下し
2	『孤狼剣』	徳間書店	〇二年三月	徳間文庫	書下し
3	『無影剣』	徳間書店	〇二年十二月	徳間文庫	書下し
4	『波濤剣』	徳間書店	〇三年十月	徳間文庫	書下し
5	『織江緋之介見参　悲恋の太刀』	徳間書店	〇四年六月	徳間文庫	書下し

6	『風雅剣』	徳間書店	〇四年十月	徳間文庫	書下し
7	『幻影の天守閣』	光文社	〇四年十二月	光文社文庫	書下し
8	『織江緋之介見参　不忘《わすれじ》の太刀』	徳間書店	〇五年六月	徳間文庫	書下し
9	『勘定吟味役異聞　破斬』	光文社	〇五年八月	光文社文庫	書下し
10	『蜻蛉剣』	徳間書店	〇五年十月	徳間文庫	書下し
11	『勘定吟味役異聞(二)　熾火』	光文社	〇六年四月	光文社文庫	書下し
12	『織江緋之介見参　孤影の太刀』	徳間書店	〇六年六月	徳間文庫	書下し
13	『勘定吟味役異聞(三)　秋霜の撃』	光文社	〇六年八月	光文社文庫	書下し

14	『織江緋之介見参　散華の太刀』	徳間書店	○六年十月	徳間文庫	書下し
15	『勘定吟味役異聞（四）　相剋の渦』	光文社	○七年一月	光文社文庫	書下し
16	『織江緋之介見参　果断の太刀』	徳間書店	○七年五月	徳間文庫	書下し
17	『勘定吟味役異聞（五）　地の業火』	光文社	○七年七月	光文社文庫	書下し
18	『密封　奥右筆秘帳』	講談社	○七年九月	講談社文庫	書下し
19	『月の武将　黒田官兵衛』	徳間書店	○七年十月	徳間文庫	書下し
20	『勘定吟味役異聞（六）　暁光の断』	光文社	○八年一月	光文社文庫	書下し
21	『織江緋之介見参　震撼の太刀』	徳間書店	○八年四月	徳間文庫	書下し

22	『国禁　奥右筆秘帳』	講談社	〇八年五月	講談社文庫	書下し
23	『勘定吟味役異聞（七）　遺恨の譜』	光文社	〇八年七月	光文社文庫	書下し
24	『鏡の武将　黒田官兵衛』	徳間書店	〇八年十月	徳間文庫	書下し
25	『侵蝕　奥右筆秘帳』	講談社	〇八年十二月	講談社文庫	書下し
26	『勘定吟味役異聞（八）　流転の果て』	光文社	〇九年一月	光文社文庫	書下し
27	『織江緋之介見参　終焉の太刀』	徳間書店	〇九年四月	徳間文庫	書下し
28	『孤闘　立花宗茂』	中央公論新社	〇九年五月	四六判上製	書下し
29	『継承　奥右筆秘帳』	講談社	〇九年六月	講談社文庫	書下し

30	『神君の遺品　目付鷹垣隼人正裏録（一）』	光文社	〇九年七月	光文社文庫	書下し
31	『斬馬衆お止め記　御盾』	徳間書店	〇九年十月	徳間文庫	書下し
32	『御免状始末　闕所物奉行　裏帳合（一）』	中央公論新社	〇九年十一月	中公文庫	書下し
33	『簒奪　奥右筆秘帳』	講談社	〇九年十二月	講談社文庫	書下し
34	『錯綜の系譜　目付鷹垣隼人正裏録（二）』	光文社	一〇年二月	光文社文庫	書下し
35	『斬馬衆お止め記　破矛』	徳間書店	一〇年四月	徳間文庫	書下し
36	『蛮社始末　闕所物奉行　裏帳合（二）』	中央公論新社	一〇年五月	中公文庫	書下し
37	『秘闘　奥右筆秘帳』	講談社	一〇年六月	講談社文庫	書下し

38	『赤猫始末　闕所物奉行　裏帳合(三)』	中央公論新社	一〇年八月	中公文庫	書下し
39	『天主信長　我こそ天下なり』	講談社	一〇年八月	四六判上製	書下し

この作品は徳間文庫のために書下されました。

徳間文庫をお楽しみいただけましたでしょうか。どうぞご意見・ご感想をお寄せ下さい。
宛先は、〒105－8055　東京都港区芝大門2－2－1　㈱徳間書店「文庫読者係」です。

徳間文庫

お髷番承り候㈠

潜謀《せんぼう》の影《かげ》

2010年10月15日 初刷
2014年3月10日 4刷

著者 上《うえ》田《だ》秀《ひで》人《と》
発行者 平野健一
東京都港区芝大門二—二—二〒105—8055
発行所 株式会社 徳間書店
電話 編集〇三(五四〇三)四三四九 販売〇四八(四五一)五九六〇
振替 〇〇一四〇—〇—四四三九二
印刷 本郷印刷株式会社
製本 ナショナル製本協同組合

ISBN978-4-19-893235-0 (乱丁、落丁本はお取りかえいたします)